悪役令嬢は隣国の王太子に溺愛される13

ぷにちゃん

JN067324

B's-LOG BUNKO
ビーズログ文庫

イラスト／成瀬あけの

Table of Contents

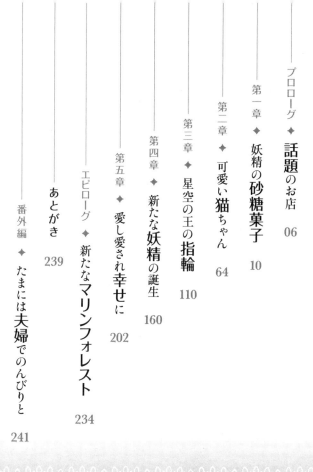

悪役令嬢は隣国の王太子に溺愛される
13
Characters
続編メイン攻略対象
アクアスティード・マリンフォレスト
留学中、ティアラを見初めた
隣国マリンフォレストの国王。
悪役令嬢
ティアラローズ・ラピス・マリンフォレスト
アクアスティードに溺愛されている、
元・ラピスラズリ王国の
ラピス侯爵家令嬢。

続編キャラ
オリヴィア・アリアーデル
公爵家の令嬢。アクアスティード
の婚約者だった。

続編攻略対象
キース
マリンフォレスト王国にいる
三人の妖精王の一人。
森の妖精王。

続編キャラ
リリアージュ・マリンフォレスト
フェレスの妃。「星空の王」の
力の反動で動物に。

続編キャラ
フェレス・マリンフォレスト
マリンフォレスト初代国王。
現在は、幽霊の姿に。

プロローグ

話題のお店

「うわ、すごい行列！　どうしようお母さん、お父さん……」

「これは……予想以上ね」

「百人以上並んでいるな……」

——店の前には長蛇《ちょうだ》の列。


王城からほど近い街中の、とあるスイーツ専門のお店。

森の妖精《ようせい》をモチーフに作られたこの店は、提供されるお菓子《かし》だけではなく、その外装や内装も話題になっている。

石積みの壁《かべ》には植物の蔦《つた》が絡まり、レンガで作られた花壇《かだん》にはティアラローズの花が咲《さ》いている。

アーチ形の両開きドアは温かみのある木製、扉の前にはメニューが展示されている。

大きな窓から見える店内は、家族連れや恋人《こいびと》同士、友達と訪《おとず》れた女性客で賑《にぎ》わっている。

ショーケースには可愛《かわい》らしいケーキやワッフル、シュークリームなど魅力《みりょく》的なスイーツが並べられていて、乙女《おとめ》心がくすぐられる。

みんな笑顔《えがお》でスイーツを楽しんでいるのだが……外からその様子を見た親子は頭を抱《かか》えていた。まさかこんなに行列ができているとは思わなかったのだ。

今から並んだとして、いったいいつスイーツにありつけるのだ？　と、父親は絶望的な気持ちになる。帰りたいと。しかし娘《むすめ》は並ぼうとしていたので、慌《あわ》てて止める。

「ちょ、さすがにこの混み具合では無理だ！　また今度にしよう」

「えええぇぇっ⁉」

父親の提案に、娘からは大ブーイング。

今日はここで食べる予定だったので、お腹《なか》の中はすでにスイーツ仕様になってしまっている。それなのに混んでいるから後日にしようとは、なんとむごい現実だろうか。

「……いい匂《にお》いだもんね」

娘だけではなく、母親も食べる気満々だったようだ。

「いや……これぱっかりはしょうがないだろう……」

「そう、よね……」

「うぅ……」

しかしあきらめて帰ろうとした親子の前に、妖精が降り立った。

『予約とテイクアウトもできますよ！』

素晴《すば》らしい提案に、親子の表情がぱっと輝《かがや》く。

しかしすぐに、妖精は『しまった』と呟《つぶや》いた。

『えっと、予約は三ヶ月先まで埋《う》まってるけど……』

「さ、さんかげつ……やっぱりあきらめた方がいいんじゃないか？」

さすがにそれは長すぎて、予約した日を忘れてしまいそうだ。

「本当はお店で食べたかったが、さすがに――」

テイクアウトにした方がいい。父親が店内の様子を窺《うかが》いつつ言うと、繋《つな》いでいた娘の手から力が抜《ぬ》けた。

「でも……」

娘がしょんぼり眉《まゆ》を下げると、父親はどうしたもんかと頭をかく。あきらめるしかないのは頭ではわかっているが、あきらめたくはない。そんな気持ちが伝わってくる。

今から長時間並ぶのは、これからの予定に差《さ》し支《つか》える。かといって、予約はかなり先まで埋まっている。

「う～～ん……」

父親は悩《なや》みに悩んで、結論を出した。

「わかった！　次の休みは、何百人待っていようが一緒《いっしょ》に並んでやる！　さすがに朝から並べば、食べられるだろう」

「あなた、本気で言ってるの⁉」

「当たり前だ！　男に二言はねぇ‼」

「本当⁉　嬉《うれ》しい‼」

男気ある父親の一言に、娘はぴょんぴょん跳《は》ねて喜ぶ。

ここのスイーツが食べたくて、ずっと楽しみにしていたのだ。今日は無理だけれど、次は絶対に食べられる。

「妖精さん、また来るね！」

『お待ちしてま～す！』

親子を見守りながら手を振《ふ》って、妖精は『よーっし！』と気合を入れた。

『お菓子が食べたくなっちゃったから、クッキーでも焼こうっと♪』

そう言って、妖精はスイーツ店に入っていった。

第一章

妖精の砂糖菓子

高く澄《す》み渡《わた》る空に、深く色鮮《あざ》やかな魚の泳ぐ海と、豊かな実りがある新緑の森。ここマリンフォレストは、星空の王と三人の妖精王《ようせい》が見守る美しい国だ。

その隣国《りんごく》――ラピスラズリ王国から嫁《とつ》いできたティアラローズは、子育てに仕事に王妃《おうひ》として充実《じゅうじつ》した毎日を過ごしている。

そんなティアラローズが第二子と第三子の双子《ふたご》の王子を出産して、三年が経《た》った。

今は王城の自室でスイーツカタログを見て、ああでもないこうでもないと頭を悩《なや》ませている。

とはいえティアラローズにとって、お菓子《かし》は大事な栄養源だ。

お菓子が大好きな王妃、ティアラローズ・ラピス・マリンフォレスト。

この国の王妃であると同時に、乙女《おとめ》ゲーム『ラピスラズリの指輪』の悪役令嬢《れいじょう》でもある。そして今は、三人の子どもの母親だ。

ハニーピンクのふわふわの髪《かみ》と、澄んだ水色の瞳《ひとみ》。甘く優《やさ》しい笑顔《えがお》は、まさに聖母と言っていいだろう。

国民からの支持も高く、ティアラローズに憧《あこが》れてパティシエになりたい子どもも急増している。

そして三人の子ども——ルチアローズ、シュティルカ、シュティリオは仲良くお昼寝《ひるね》中だ。

すやすや眠《ねむ》るルチアローズだが、「んん～っ」と寝返《ねがえ》りを打った拍子《ひょうし》にブランケットをはいでしまった。

その声に気づいたティアラローズは、カタログから顔を上げて三人の下へ行く。ブランケットをかけ直して、優しく額を撫《な》でる。気持ちよさそうに寝ている姿はいつまでも見ていたいと、親ばかなことを考えてしまう。

そんなティアラローズと子どもたちを見守っている人物が一人。

「はあぁ～、今日もとっても素敵《すてき》だわ！」

うっとりした表情で見つめているのは、オリヴィアだ。

胸の前で祈るように指を組んで、目の前のこの光景を生涯脳裏《しょうがいのうり》に焼き付けようとしている。早く、早くカメラを開発しなければ……と、そんなことを考えながら。

そしてドレスのポケットからハンカチを取り出して、己《おのれ》の鼻に当てる。ハンカチは一瞬《いっしゅん》で血が滲《にじ》んだ。

「美しい光景です、ティアラローズ様！」

「オリヴィア様……もう鼻血は出なくなったものだとばかり……」

「ノンノン！　修行《しゅぎょう》の甲斐《かい》もあって普段《ふだん》は出なくなりましたけれど、尊いと感じたら溢《あふ》れ出《で》ますわ……！」

どうやらオリヴィアと鼻血は切っても切れない縁《えん》があるようだ。ティアラローズは苦笑《くしょう》しながら席に戻《もど》る。

「オリヴィア、替《か》えのハンカチです」

「ありがとう、レヴィ」


この世界を愛しすぎている続編の悪役令嬢、オリヴィア・アリアーデル。

フィリーネが産休に入っているため、今は臨時でティアラローズの侍女《じじょ》をしてくれている。本人曰《いわ》く、「先輩《せんぱい》のお世話ができるなんてこの上ない幸せ！」ということらしい。

侍女を始めた当初こそ期間は二年程度を予定していたけれど、立て続けにフィリーネの出産が続き延長してもらっている。

フィリーネの様子を見つつになるが、あと二年ほどはお願いする予定だ。

侍女でありながら、その傍《かたわ》らには執事《しつじ》であるレヴィが控《ひか》えているという不思議な構図も
できあがっている。

オリヴィアのことしか眼中にない執事、レヴィ。

きっちり整えられた黒髪と、オリヴィアの髪色と同じローズレッドの瞳。執事服を着こなし、立ち姿は常に優雅《ゆうが》だ。

執事としての仕事はもちろんだが、暗器使いとしても優秀《ゆうしゅう》で、同時にオリヴィアの護衛も務めている。

オリヴィアのお世話をするのが最上の幸せという人物だ。


しばらく子どもたちの寝顔《ねがお》を堪能《たんのう》したオリヴィアは、ハッとする。

「そうだったわ！　ティアラローズ様、お店のデザイン案ができあがったんでした」

「本当!?　オリヴィア様、ありがとうございます」

ティアラローズはすぐにオリヴィアから図面を受け取る。そこにはとある店舗《てんぽ》の設計図、外装と内装のデザインが描《えが》かれていた。

赤いレンガの建物は、その外観こそ可愛《かわい》らしいがかなり広い造りになっている。一階部

分には五十席のテーブルがあり、二階は個室が五部屋ある。

本当はもっとこぢんまりした造りに……とも思ったのだが、間違《まちが》いなく大行列になってしまうのは目に見えているので、かなりの広さを用意した。


——ここは『妖精の砂糖菓子』。

スイーツ専門店で、ティアラローズが主体となって企画《きかく》を進めている。

コンセプトは、『美味《おい》しいスイーツを誰《だれ》もが堪能できる場所』というティアラローズらしいもの。

貴族、庶民《しょみん》、分《わ》け隔《へだ》てなく利用できるようなお店にしたいと作られ、リーズナブルなものからスイーツのコースまで用意している。

一階部分は誰でも気軽にスイーツを食べに来られる客席で、二階の個室は貴族向けに用意されている。

全体的なイメージは、『森のお茶会』だ。

森のお茶会は、ティアラローズが主催《しゅさい》するお茶会の通称《つうしょう》。ティアラローズが森の妖精に祝福をもらっているので、そのように呼ばれている。

憧れる令嬢がとても多いので、それならいっそのこととティアラローズのお茶会のようなスイーツ店にしてみたのだ。

自然豊かな外観や室内に、ティアラローズがお茶会で出しているお菓子なども安価になるよう試作しメニューに加えている。

「とても可愛いデザインね！」

「ええっ！　二階は完全予約制の個室ですし、わたくしたちがお茶会をするのに使ってもいいくらいですわ」

わくわくしながら設計図を見るティアラローズに、オリヴィアも頷《うなず》く。

今までもスイーツ店を作りたいと考えていたティアラローズだったけれど、公務や子育てに忙《いそが》しく、なかなか実行に移すことができないでいた。

いまや、マリンフォレストにはフィリーネの弟のアランが経営する庶民向けスイーツの『フラワーシュガー２号店』ができていて賑《にぎ》わいを見せている。

――完成したら、アランも招待しなきゃ。

そしてどんどんスイーツの輪が広がったらいいとティアラローズは考える。

そうすれば、毎年開催《かいさい》されているスイーツ大会ももっともっと盛り上がるだろう。

スイーツ大会はかなり話題になっていて、他国からの観光客も増えていて、マリンフォレストの一大行事になっている。

「さ、一度お茶にいたしましょう」

「そうね」

オリヴィアの声にティアラローズが頷くと、すでにレヴィが紅茶の準備を始めていた。

どうやらこの執事は、主人の行動を先読みしていたらしい。

茶葉のいい香りに、ティアラローズは肩《かた》の力を抜《ぬ》いて首を回す。書類などの確認《かくにん》が多かったため、かなり凝《こ》ってしまったようだ。

「ふぅ……」

ティアラローズが息をつくと、オリヴィアが背後に回ってきて肩をマッサージしてくれる。ちょうど凝っているところで、とても気持ちがいい。

「お疲《つか》れ様《さま》です」

「ありがとうございます、オリヴィア様」

「もう凝り凝りですわ！」

「あっ、いたたたたたっ」

オリヴィアに肩をぐりぐりされて、ティアラローズは悲鳴を上げる。こんなに痛くなるまで肩を酷使《こくし》していたとは……！

今日はゆっくりお風呂《ふろ》に浸《つ》かって早く眠らなければと、ティアラローズは自分の体を労《いた》わろうと思う。

「わたくしがいつでもマッサージいたしますから、遠慮《えんりょ》なく言いつけてくださいませっ！」

「はい」

やる気に満ち溢《み》れたオリヴィアに、ティアラローズは笑顔で頷く。

最初、オリヴィアがフィリーネが産休の間は自分が侍女をする――そう言いだしたときは驚《おどろ》いたけれど、今は毎日が楽しそうだ。

――たまに鼻血を出しているけれど……。

いつか失血死してしまうのではないかと、本当にそれだけが心配だ。

「そうだわ、肩こりに効く温泉があればいいんじゃないかしら……⁉」

「さすがはオリヴィア、名案です！」

「ちょ、何を言っているのですかお二人とも！」

オリヴィアが何か考えを口にするとレヴィは全肯定《ぜんこうてい》しかしないので、ティアラローズだけでは深刻なツッコミ不足に陥《おちい》ってしまう。

――レヴィなら温泉も掘《ほ》りかねないわ！

「大丈夫《だいじょうぶ》ですわ！　ティアラローズ様は、何も気にせず温泉が掘り上がるのを待てばいいのです」

「絶対に違《ちが》います……！」

ティアラローズがぶんぶん首を振《ふ》って否定していると、「楽しそうな話をしているね」とアクアスティードが部屋へ入ってきた。

「ただいま、ティアラ。今日は思ったより早く終わったんだ」

どうやら今日の仕事は一段落したようだ。

「おかえりなさい、アクア。お疲れ様です」

ティアラローズがアクアスティードを労《ねぎら》うと、こめかみに優しくキスをされる。オリヴィアたちがいるので少し恥《は》ずかしくはあるけれど、嬉《うれ》しい。

妻と子どもたちとの時間を大切にしてくれる、アクアスティード・マリンフォレスト。ダークブルーの髪と、優しい金色の瞳。整った顔立ちに、ティアラローズはいまだドキドキしてしまうことが多い。

ティアラローズが悪役令嬢であることはすべて話してあり、その上ですべてを包み込み愛してくれている。

マリンフォレストの国王とし、さらには星空の王としてこの地とティアラローズたちのことを守ってくれる大切な人だ。

「お疲れ様でございます、アクアスティード陛下《へいか》」

　オリヴィアが一礼するのを見て、アクアスティードが声をかける。

「ああ。何か変わったことはなかった？」

「いつも通りで特に問題ございません。ただ、ティアラローズ様の肩こりが酷《ひど》いので、ぜひ後程《のちほど》マッサージでも……」

「オリヴィア様！」

　なんてことをアクアスティードに言うのだと、ティアラローズは焦《あせ》る。こんなの、喜々としてマッサージをしてくるに決まっている。

　しかもそれだけでは終わらず、絶対にくすぐられたりするのだとティアラローズの顔は赤くなってしまう。

「それは大変だ」

「アクア！」

　くすりと笑うアクアスティードを、ティアラローズは慌《あわ》てて制する。

　それを見たオリヴィアが張り付けたような笑顔の下で「ご馳走様《ちそうさま》です」と考えているなんて、きっとティアラローズは想像もしていないだろう。

　そんなティアラローズの様子を見て、アクアスティードは笑《え》みを深める。

「仕事と子育てに忙しい奥さんを労わるのは私の役目だからね」

「ふふっ、夫婦《ふうふ》の時間ですし、わたくしたちはそろそろ下がらせていただきますわ。失礼いたします」

「ああ、ありがとう」

オリヴィアとレヴィが優雅に一礼し、退出していった。

まるで嵐《あらし》のようにあっという間のできごとだったと、ティアラローズは熱くなった頰《ほお》を押さえる。

オリヴィアは礼儀《れいぎ》正《ただ》しく優雅ではあるが、変に遠慮がない一面もあるのだ。

その分……このようにアクアスティードとゆっくりする時間を作ってくれることも確かではあるのだが。

アクアスティードは眠る子どもたちの下へ行き、ベッドへ腰《こし》かけた。

「ぐっすり眠っているね」

「ルチアは元気いっぱいで、遊びまわりましたから」

疲れてしまったのだろうと、ティアラローズは微笑《ほほえ》む。最近は暇《ひま》さえあればそこらじゅうを駆《か》け回《まわ》り、特にタルモを振り回している。

シュティルカとシュティリオは三歳なので、一生懸命《いっしょうけんめい》ルチアローズの後についていこうとする姿が可愛い。

すると、アクアスティードがティアラローズを手招きした。

「アクア？」

ティアラローズが隣に腰かけると、アクアスティードに手を握《にぎ》られる。どうしたのだろうと首を傾《かし》げると、アクアスティードはその手に頬を寄せた。

「できるなら、私もティアラの後をついて歩きたいよ」

執務《しつむ》が忙しいこともあり、アクアスティードはなかなかティアラローズと一緒《いっしょ》の時間を取ることができない。

ほんの少し、子どもたちのことが羨《うらや》ましいようだ。

アクアスティードのちょっと拗《す》ねたような態度がなんだか可愛くて、ティアラローズは後ろをついて歩くひよこのような夫を想像し、くすりと笑う。

「アクアったら」

「これでも普段、我慢《がまん》しているんだよ？」

だから口で言うくらいはいいでしょう、と。

けれど、そんなことを言ったらティアラローズだって気持ちは同じだ。一日中、子どもたちと一緒にアクアスティードのことを見ていたいと思う。

パパは頑張《がんば》ってお仕事をしてくれているのよと、子どもたちにも教えてあげたい。

でも、子どもたちはきっとすぐに成長してアクアの背中を追うだろう。母親だからか、なんとなくわかるのだ。

「ティアラのお店が完成したら、時間を作ってみんなで食事に行こう」

「はいっ！」

すり寄ってきたアクアスティードを抱《だ》きしめて、ティアラローズは嬉しそうに微笑む。

「今日はデザイン案が上がってきたんですよ。とても可愛い外観と内装で、今から楽しみで仕方がないです」

じゃじゃ～んとデザイン案を見せると、アクアスティードは「いいね」と頷く。

「出すスイーツはもう決まったの？」

「試行錯誤《しこうさくご》中です。出したいものはいっぱいあるのですが、最初からメニューを多くするのはちょっと難しいです」

ティアラローズのお菓子は現代の知識を使っているものもあり、パティシエの教育や道具の準備をしなければならない。

そのため、少しずつ新商品を出していく予定だ。

「今は材料を扱《あつか》う商会と打ち合わせをしたりしています」

「そうか。楽しそうだからいいけど、あまり無理をして体調を崩《くず》さないようにね」

「はい」

ティアラローズが素直《すなお》に頷くと、アクアスティードが「さて」と腕《うで》まくりをする。

「アクア？」

「マッサージ、するんだろう？」

「えっ!?」

先ほどオリヴィアが言ったことを有言実行するようで、アクアスティードはにこにこしながら両腕を広げた。

どうやら、「おいで」と言っているようだ。

そんなことをされたら、腕の中に飛び込みたくなってしまうのはわかりきったことだ。ティアラローズに抗《あらが》えるわけがない。

――アクアには一生敵《かな》いそうにないわ……。

ティアラローズは頰を膨《ふく》らませつつも、アクアスティードに抱きつく。すると、あっという間にベッドへうつぶせに押し倒《たお》されてしまった。

首を横に向けると、ルチアローズ、シュティルカ、シュティリオの三人が気持ちよさそうに寝ている。

「三人とも、可愛い」

「私から見たら、四人とも可愛いよ」

そう言って、アクアスティードはティアラローズのうなじにキスを落とす。白い肌《はだ》は、このまま食べてしまいたいくらいで。

「アクア！　子どもたちがいます!!」

「わかってるよ。……とっても残念だけどね」

「……もう」

後ろから聞こえた台詞《せりふ》に、ティアラローズは照れつつもくすりと笑った。

——ああ、これは確かに凝っている。

ティアラローズの肩に触《ふ》れたアクアスティードは、苦笑する。これではオリヴィアがマッサージをと言うのも無理はない。

ゆっくり肩をマッサージしていくと、ティアラローズから「ん……」と可愛い声——ではなく「んんんっ」と痛みを耐《た》えるような声がもれる。

「アクア、強い、強いです‼」

「あまり大きな声を出すと、子どもたちが起きるよ？」

「……っ！」

アクアスティードがそう言うと、ティアラローズはハッとしつつも表情に絶望の色が浮《う》かぶ。こんなの、耐えられるわけがないと。

「ですが痛くて……」

——そんなに力は入れていないのだけれど……。

軽く押しただけでそんなに痛いのは、かなり肩を酷使したからだろう。

ここ最近のティアラローズは、スイーツ店『妖精の砂糖菓子』のためにかなり働き詰《づ》めだった。

加えて子どもたちの面倒《めんどう》も見ているので、休憩《きゅうけい》する時間はあまり取れていなかっただろうとアクアスティードは思う。

けれど、スイーツ店を作ること自体が、ティアラローズにとって楽しくて仕方がないことなので……無意識の内に、かなり無理をしてしまうようだ。

というよりも、時が過ぎるのを忘れてしまうと言った方が正しいだろうか。

どんなお菓子を提供しようか、それに合うお茶は、ミルクやレモンは？　考えることは尽《つ》きないようだが、最近やっと完成が見えてきた。

「……ん？　ああ、寝ちゃったか」

痛いという声がなくなったと思ったら、気持ちのよさそうな寝息《ねいき》が聞こえてきた。

少し力を弱めたら——というかアクアスティード的には撫でる程度だったのだが、ティアラローズにはそれが心地《ここち》よかったようだ。

「お疲れ様、ティアラ」

眠るティアラローズを起こさぬように肩回りのマッサージとストレッチを行い、アクアスティードはハニーピンクの髪を撫でる。

「あまり無理をしすぎないようにね」

そう言ってティアラローズの隣に寝転《ねころ》がって、アクアスティードは可愛い四人の寝顔を堪能した。


「お母さま、見て〜！」

「きゃー！　ルチア、何しているのっ‼」

楽しそうに自分のことを呼ぶ娘《むすめ》を見て、ティアラローズは顎《あご》が外れるのでは⁉　というくらいに驚いた。

見ると、ルチアローズが庭園の木に登っているではないか。しかも、かなり高いところまで。木の下ではタルモがハラハラしながら見守っている。

さらにその後ろでは、オリヴィアが「天才すぎですわ！」と瞳を輝《かがや》かせている。

毎日庭園で遊ぶおてんば姫《ひめ》、ルチアローズ・マリンフォレスト。

ティアラローズとアクアスティードの第一子で、マリンフォレストの第一王女だ。

金色がかったパッチリしたハニーピンクの瞳に、濃《こ》いピンク色の髪は両サイドでお団子にしている。

内に精霊《せいれい》サラマンダーの魔力《まりょく》を持ち、火系統の魔法《まほう》の才能は抜きん出ている。

五歳になったルチアローズは毎日庭園を駆け回って遊び、楽しそうだ。日本でいえば、幼稚園《ようちえん》の年長さんくらいだろうか。


ルチアローズの行動に目が離せないティアラローズの護衛騎士《きし》、タルモ。

短く揃《そろ》えた銀髪《ぎんぱつ》に、青の瞳。普段から口数は少なく、ティアラローズから少し離《はな》れた位置で護衛をしていることが多い。

最近では、ルチアローズの騎士ごっこに付き合うこともしばしば……。


騎士たちの姿をよく見ていることもあって、ルチアローズは「騎士になる！」というのが最近の口癖《くちぐせ》だ。なんでも、ママとパパを守ってあげたいのだという。

――守ってくれるというのは、とても嬉しいけれど……。

どうか無茶な遊びだけはしないでほしいと、ティアラローズは切に願う。

「ルチア！　危ないから下りてきてちょうだい」

「だいじょーぶ、ルチアは騎士だから！」

「ルチア……」

木の上に立ち、キリッとした表情で告げる娘はどこか誇《ほこ》らしげだ。

あの運動神経のよさは、きっとアクアスティード譲《ゆず》りだろう。間違っても自分はこんなすいすいと木登りなんてできないとティアラローズは思う。

すると、「きゃー！　ルチアローズ様ー!?」という第三者の声が。

ティアラローズが声のする方を振り向《む》くと、顔を青くしたフィリーネがいた。その腕には、長男のクリストアを抱いている。

「フィリーネのその反応を見るとなんだか落ち着くわね……」

「ティアラローズ様、そんなことを言っている場合ではないでしょう……！」

しかし慌てるフィリーネをよそに、ルチアローズは「フィリーネ！　クリス！」と名前を呼ぶと嬉しそうに笑顔を見せ、そのまま木からジャンプした。

「とうっ！」

「〜〜〜っ!?」

今度こそ声にならない悲鳴を上げたティアラローズだったが、既《すんで》のところでタルモがルチアローズを受け止めてくれた。

「あぁ……心臓が止まるかと思ったわ」

「本当に……。タルモがいなかったら、どうなったことか……」

ティアラローズとフィリーネの心臓はドッドッドッドッと嫌《いや》な音を立てている。

けれど当のルチアローズはけろりとしているので、親の心配にはまったく気づいていないのかもしれない。

安堵《あんど》からへたりと地面に座り込んでしまったのは、フィリーネ・コーラルシア。黄緑色の美しい髪と、セピア色の瞳。ラピスラズリにいた頃からずっとティアラローズの侍女をしてくれている、しっかり者の女性だ。

今はアクアスティードの側近エリオットの妻で、二人の間には二歳の長男のクリストアに、一歳の長女フィンと、生まれたばかりの次女エレーネがいる。

コーラルシア家の長男、クリストア・コーラルシア。

サラサラの薄《うす》黄緑の髪はフィリーネ譲りで、深碧《ふかみどり》の瞳はエリオットに似ている。

エリオットはシュティルカとシュティィリオの側近にしたいと考えているようだが、おっとりした性格なのでフィリーネはそんな大役が務まるのか今から心配しているらしい。

「大丈夫？　フィリーネ。クリスも驚かせてしまったわね」

「いえ……ありがとうございます」

ティアラローズは座り込んでしまったフィリーネに手を貸して起こし、元気に走り回るルチアローズを見て苦笑する。

ルチアローズはクリストアの前にやってきて、ドレスの裾《すそ》をつまんで愛らしくお辞儀《じぎ》をした。

おてんばではあるのだが、ティアラローズの教育もあって礼儀はきちんと身についている。

「いらっしゃい！　フィリーネ、クリス！」

「ごきげんよう、ルチアローズ様」

「……こんにちは」

フィリーネが笑顔で挨拶《あいさつ》をするとクリストアも挨拶するのだが、すぐにフィリーネの後ろへ隠《かく》れてしまった。

もしかしたら、思った以上に木からジャンプしたルチアローズに驚いてしまったのかもしれない。

しかしルチアローズは、そんなクリストアの手を取って「遊びましょ！」と嬉しそうに微笑む。

「……うん」

こくんと頷いたクリストアは、フィリーネの後ろから出てきた。そのままルチアローズと手を繋《つな》いで、芝《しば》の上へ座った。

ティアラローズがいったい何をして遊ぶのだろうと見ていると、とことこぬいぐるみがこちらへ歩いてくるではないか。

「あら……」

「ルチアローズ様のぬいぐるみ、でしょうか」

「クリスを見て、一緒に遊ぶために部屋から動かしたみたいね」

ルチアローズは自身の魔力を使い、ぬいぐるみを動かすことができる。遊び相手で友達、という感覚があるらしい。

以前ティアラローズがどうやって動かしているのかルチアローズに尋《たず》ねたこともあったが、「おいで～って呼ぶんだよ」と説明されて理解するのはあきらめた。

「ぬいぐうみだ～！」

クリストアがぱぁっと嬉しそうな顔をして、ぬいぐるみの方へとてとて歩いていく。ルチアローズが手を繋いであげているのが、なんともお姉さんらしい。

「はぁぁ～可愛いですわ！」

ずっと眺《なが》めていたいくらいだと、見守っていたオリヴィアが息を荒《あら》くしている。鼻血こそ出てはいないが、そろそろ危険かもしれない。

「ぬいぐるみで遊んでいるし、わたくしたちはお茶でもしましょうか」

「ええ、そうしましょう。レヴィ！」

「ハッ、すでに！」

ティアラローズが提案すると、すでにレヴィがお茶会のセッティングを終えていた。

サンドイッチなどの軽食からケーキまで、いったいいつ用意したのか？　と。いや、彼に関しては考えるだけ無駄《むだ》だろう。


ルチアローズはクリストアと遊んでいるが、シュティルカとシュティリオは今の時間だと仲良くお昼寝をしているだろう。

ということで、大人はのんびりティータイムだ。

フィリーネはクリストアがルチアローズと遊んでいるのを見て、肩の力を抜いたようだ。子育て真っ最中ということもあり、顔には疲れの色が浮かんでいる。

「今はみんないるから、フィリーネもゆっくりしてね」

「ありがとうございます、ティアラローズ様。ルチアローズ様のときにわかっていたつもりでしたが、子育てとはこんなにも大変なのですね。……もちろん、嬉しいこともたくさんあるのですけれど」

長女のフィンと次女のエレーネは屋敷《やしき》でメイドに見てもらっているが、三人同時はまだまだ慣れることはなさそうですとフィリーネは笑う。

「オリヴィア様、わたくしの代わりに侍女をしてくださってありがとうございます」

「いえいえ。とても充実して楽しい毎日を過ごしているから、フィリーネは自分のことを第一に考えるのよ」

「はい」

最初は短期間とはいえ、公爵《こうしゃく》家の令嬢であるオリヴィアに自分の代わりをさせるなんて！　と思ったフィリーネだが、今ではすっかり慣れてしまった。

というのも、オリヴィアがティアラローズやアクアスティード、その子どもたちに対してめちゃくちゃテンションが高いからだろう。さらにレヴィもいるので、基本的な仕事に関してはなんの問題もなかった。

「何か困ったことがあれば、わたくしも力になるわ」

「ありがとうございます、オリヴィア様」

フィリーネは紅茶を一口飲んで、「そういえば」と話題を切り出した。

「近いうちに、アランが来るといっていました」

「まあ、アランが？」

「ティアラローズ様のスイーツ店『妖精の砂糖菓子』が気になって仕方がないようです。そのお祝いに、と」

「嬉しいわ。もう少ししたら、招待状を送ろうと思っていたの」

まさかアランの方から来てくれるとはと、ティアラローズの頬が緩《ゆる》む。

これはとびきりのスイーツコースを用意して出迎えなければと、いつも以上に気合が入るというものだ。

貴族向けスイーツはもちろんだが、アランがメイン事業にしている庶民向けスイーツも新しいものを食べてほしい。

――ああ、やらなければならないことが山積みだわ！

「ティアラローズ様、無理はいけませんよ？」

「も、もちろんよ！」

やはりメニューをもう少し増やした方がいいだろうかと考えていたなんて、にっこり笑顔でプレッシャーをかけてくるフィリーネの前では、とてもではないが口にはできない。

「大丈夫、きちんと休んでいるわ。でないと、オリヴィア様からアクアに言われてしまうもの」

「当然です！　甘いお仕置きをしていただきます!!」

「まあ、それはいいですね」

「二人ともっ！」

顔を真っ赤にしつつ、侍女たちの手のひらの上で踊《おど》らされている……そんな風に思うティアラローズだった。

――午後。

今日はアクアスティードと一緒の仕事があるため、二人で応接室へと向かう。

「そういえば、ティアラは会うのも久しぶりだったね」

「前にお会いしたのは数ヶ月前でしょうか」

到着《とうちゃく》した応接室に入ると、約束の人物がいた。

「待たせてすまない、アイシラ嬢《じょう》」

「お久しぶりです、アイシラ様」

「ご無沙汰《ぶさた》しております」

ゆっくりと礼をしたアイシラは、「時間を取っていただきありがとうございます」と微笑んだ。

海に愛された続編のヒロイン、アイシラ・パールラント。

淡《あわ》い水色の髪と、オレンジ色の瞳。線の細い儚《はかな》げな女性だが、海の中を何時間でも泳いでいられるほどの行動力や体力がある。

海の妖精に祝福されており、マリンフォレストの海の管理を行っている。

席に着き、メイドが紅茶を用意し終わるのを待って、アイシラが口を開く。

「改めて……本日はお時間を取っていただき、ありがとうございました」

「いや、問題ないよ」

アクアスティードとティアラローズが頷くのを見て、アイシラは安堵したのか少し頬が緩んだ。

「本日は、その……わたくし事なのですが……ご報告があって参りました」

「？」

アイシラは海の様子を定期的に報告しているので、ティアラローズはてっきりそれだと思っていたのだが、どうも違うようだ。

――アクアはなんの話か知っているのかしら？

ティアラローズがちらりとアクアスティードへ視線を向けると、大丈夫だとばかりに頷かれた。どうやら用件を知っているようだ。

小さく深呼吸してから、アイシラが口を開く。

「……わたくし、結婚《けっこん》いたします。本日は、そのご報告に」

「！　おめでとうございます、アイシラ様」

突然《とつぜん》のことにとても驚いたが、ティアラローズはすぐに祝福の言葉を贈《おく》る。アクアステイードも、「おめでとう」と微笑んだ。

「ありがとうございます」

照れながらも嬉しそうに微笑むアイシラは幸せそうで、心の底からよかったとティアラローズは思う。

――よかった、アイシラ様もお相手を――あら？


誰と？


という疑問が、ティアラローズの中で生まれる。

――アイシラ様はヒロインだから、攻略《こうりゃく》対象キャラクターと結婚かしら？

確か続編の攻略対象は――と考えていると、アイシラが相手の名前を口にした。

「……驚かれるかもしれませんが、カイルと結婚いたします」

「――！」

そう告げたアイシラのピンクに染まる頬を見ても、相手――カイルのことが心から好きなのだということが一目でわかる。

続編の攻略対象キャラクター、カイル。

彼はアイシラ様の執事だ。

おっちょこちょいなところはあるけれど、優しい人物で、ゲーム当初から常にヒロインの側《そば》にいてくれる。

愛を育みやすい相手ではあるのだが――身分差、という壁《かべ》を乗り越えなければハッピーエンドに辿《たど》り着《つ》くことができない。

そう、カイルは平民の執事だった。


ティアラローズは続編のゲームをプレイしていないのでわからないけれど、かなり大変な道のりだろうということは想像できる。

「パールラント公爵は、なんと？」

アクアスティードの問いに、ティアラローズもドキリとしてしまう。

厳しい公爵が二人の結婚を許しているのかは、気になる点だ。駆け落ちすると言われたらどうしようと、一瞬不安になる。

アイシラは苦笑しながら、「許しをいただきました」と答えた。

「もちろん、お父様を説得するのは大変でした……。ですが、カイルはずっとわたくしのことを側で見守り、助け、支えてくださいましたから」

だから最後まであきらめることなく、父の説得ができたのだとアイシラは言う。

それには、元々パールラント公爵はカイルのことを息子《むすこ》のように可愛がっていたこともあるようだ。

「確かに最初は『馬鹿を言うな！』と怒鳴《どな》られてしまいましたけれど……」

「それは……大変だったね」

「お二人が認められてよかったです」

「ありがとうございます」

アイシラはどこかすっきりした表情で、アクアスティードのことを見ている。

「お時間をいただきありがとうございました」

きっともう、あのときの想《おも》いにはアイシラの中で決着がついたのだろう。アイシラは晴れやかな顔で、応接室を後にした。


「おいし～！」

両手でほっぺたを押さえながら、ルチアローズが幸せいっぱいの顔をしている。

「おいち～！」

その横で、シュティルカとシュティリオもルチアローズと同じように美味しさを舌ったらずな言葉ととろけそうな顔で表現していた。

目の前のテーブルには、ティアラローズが作ったプリン。

これはティアラローズのスイーツ店で出されるメニューの一つで、今日のおやつにと作ったのだ。

そんな子ども三人を見守っているのは、アクアスティードだ。

ソファで隣に腰かけて、こぼした口の周りを拭《ふ》いてあげたりしている。食べるのは大好きだけれど、特にシュティルカとシュティリオはまだまだ食べるのがへたっぴなのだ。

「お母様の作ったお菓子が大好きだね」

「世界で一番おいしい！」

「しゅき！」

「もっちょ！」

「お母様が聞いたら舞《ま》い上《あ》がりそうだ」

可愛い娘の言葉に、アクアスティードは頬を緩ませる。

四人がいるのは、ルチアローズの部屋だ。

可愛らしいデザインのたくさんのぬいぐるみがある。リボンの装飾《そうしょく》はカーテンやベッドなどにも使われおり、ルチアローズのお気に入りだ。

ティアラローズはスイーツ店の準備でやることがあり、今日は不在にしている。

ということで、アクアスティードが子どもたちの面倒を見ているのだ。


――この後はどうしようか。

庭園で遊ぶか、昼寝か、それとも部屋でのんびりさせるか……何をしてあげようかアクアスティードが考えていると、三人の視線にハッとする。

じいいいいぃぃ……。

可愛い子どもたちが自分を見つめてくれている――というわけではなく。ルチアローズたちの視線は、アクアスティードの前に置かれているプリンに釘付《くぎづ》けだった。

「これはお父様の分だから、駄目《だめ》だよ」

食欲旺盛《おうせい》な子どもたちに奪《うば》われてはたまらないと、アクアスティードは急いでプリンを手に取る。

「でもプリン好き……」

ルチアローズが瞳をキラキラさせてもっと食べたいアピールをしてきて心が揺《ゆ》らいでしまうが、アクアスティードは首を振る。

おやつを食べすぎたら夕食が食べられなくなってしまう――というのもあるのだが、テイアラローズが自分のために用意してくれたプリンを渡すのがいやなのだ。

しかしルチアローズの眼差《まなざ》しが気になってしまう。

「……私もお母様の作ったプリンが食べたいんだ」

「――！」

アクアスティードが個人的にあげられない理由を告げると、ルチアローズは確かに‼と衝撃《しょうげき》を受けたような表情になった。

「お父さまもちゃんと食べなきゃ！」

ルチアローズは、ティアラローズがアクアスティードのことを大好きだと知っているので、自分が食べてはいけないとわかったようだ。

そして、ルチアローズはシュティルカとシュティリオを見た。

「いーい？　あれはお母さまが大好きなお父さまのために作ったプリンだから、わたしたちは食べちゃだめなの」

「はい」

「ん」

「…………」

ルチアローズが弟たちにプリンを食べてはいけない理由を説明してくれたのだが、その様子があまりにも可愛すぎて……アクアスティードは思わずにやけてしまいそうな口元を手で隠すのだった。


「――くしゅっ」

「あら、大丈夫ですか？　ティアラローズ様」

突然くしゃみをしたティアラローズを見て、オリヴィアが風邪《かぜ》ではないだろうかと心配そうにしている。

けれど体調が悪いわけではないので、ただのくしゃみだろうとティアラローズは笑う。

「誰かがわたくしの噂《うわさ》でもしているのかしら」

「あら、アクアスティード陛下かもしれませんわ」

「ええ？　そういえば、プリンを作ってきたから……ちょうど食べているころかしら」

子どもたちはプリンが大好きなので、きっと大喜びで食べているところだろう。

アクアスティードたちがプリンを堪能しているころ、ティアラローズは完成間近の店舗の視察に来ていた。

建物の工事は終わり、今は内装の最終確認をしているところだ。

窓の外では森の妖精たちが『可愛いお店〜！』と楽しそうに店内を覗《のぞ》いている。

書類の束を手にしたレヴィがこちらにやってきた。

「すべてのチェックが終わりました。特に問題は起きていないようなので、このまま進めて大丈夫でしょう」

「ありがとう、レヴィ。ごめんなさいね、わたくしの仕事を手伝わせてしまって……」

ティアラローズが申し訳なさそうに告げると、オリヴィアが「いいえ！」と激しく首を振った。

「わたくしたちはティアラローズ様に仕えることこそ幸せですから！　ねえ、レヴィ！」

「もちろんです」

「…………」

オリヴィアは鼻息荒く宣言するが、この執事は絶対に微塵《みじん》もそんなことは思っていないだろう。

レヴィは周りがドン引きするほど、オリヴィア至上主義だからだ。

――とはいえ、仕事を手伝ってもらえたのはありがたいわ。

こればかりはオリヴィアに感謝してもしきれない。

レヴィは優秀で――いや、優秀すぎると言っていいだろう。基本的に、いろいろな手配を先回りして行っているのだ。

オリヴィアが「レヴィ！」と呼んだ瞬間《しゅんかん》にはすべての準備が終わっている。

「……そろそろ帰りましょうか」

「そうですわね。きっと、アクアスティード陛下もティアラローズ様のお帰りを待っていらっしゃいますわ」

あとはオープンの日を待つばかりだ。

ティアラローズたちは招待状送付の確認をして、王城へ戻った。


そしてあっという間に、ティアラローズのお店『妖精の砂糖菓子』のオープン当日。

森の妖精をモチーフにしたスイーツ店は、アーチ形の可愛らしい扉《とびら》と、石積み仕上げの壁の温かみのある建物だ。

ティアラローズは子どもたちをアクアスティードに任せて、オリヴィアとレヴィとともに店へやってきた。

あと一時間ほどで、オープンの十一時になる。

「わあ、いい香り」

ティアラローズは店内の空気を大きく吸い込む。甘いお菓子の香りに満ちていて、いるだけで幸せ気分を味わうことができてしまう。

クッキーやマドレーヌなどの焼き菓子はもちろんだが、ティアラローズ最新作の苺《いちご》のケーキ、アイスクリームやパフェにプリンなども用意してある。

甘くないものとしては、軽食用にサンドイッチとガレットが数種類。

これなら、甘いものが苦手な男性でも比較的《ひかくてき》入りやすいだろう。

コック帽《ぼう》を被《かぶ》った女性がやってきて、ティアラローズに一礼した。

「おはようございます、ティアラローズ様」

「おはよう。いい香りね」

ティアラローズがじっと見つめたのは、彼女が持っているトレイ。出来上がったばかりのケーキやシュークリームなどが載《の》っている。

彼女は『妖精の砂糖菓子』のパティシエだ。

「ありがとう、とても素敵に仕上がっていると思うわ」

「お気に召《め》していただき嬉しいです。どのスイーツも、気合を入れて作りました！」

彼女の言葉を聞くまでもなく、トレイの上のスイーツを見れば一目瞭然《いちもくりょうぜん》。見た目はもちろんだけれど、食材選びからレシピまで、今日のために試行錯誤してきている。

——美味しくないわけがないわ！

早く大勢の人に食べてほしいと、ティアラローズは思う。

瞳を輝かせるティアラローズを見て、パティシエも嬉しそうだ。

「ティアラローズ様、本日のスイーツセットをご用意いたしましたのでぜひ」

「そうね……開店まで少し時間があるし、いただきましょう」

厨房《ちゅうぼう》や店内を見て回っても邪魔《じゃま》になってしまうだろうと考えて、ティアラローズはオリヴィアたちと二階の個室で本日発売のお菓子をいただくことにした。

「ん～～～、これは美味しすぎますわ！」

ケーキを一口食べたオリヴィアが、その美味しさでとろけそうになっている。これなら、いくらでも食べられそうだ——と。

「気合を入れてメニューを考えた甲斐があります」

ティアラローズもケーキを食べて、その美味しさに舌鼓《したつづみ》を打つ。

自分で考えたケーキではあるが、パティシエが作っているので何倍も美味しくパワーアップしている。

うなのだ。

――こうして自分のスイーツ店が出せるなんて、幸せ……。

前世から甘いものが大好きだったティアラローズにとって、今の状況《じょうきょう》はまるで夢のよ

これまでは前世を含《ふく》めて趣味《しゅみ》の範囲《はんい》でしかなかったお菓子を、こんなにも大勢の人に食べてもらえて、共有することができる。

しかもそれだけではなく、『妖精の砂糖菓子』をきっかけに新しいお菓子が生まれ、それが未来へ引《ひ》き継《つ》がれていくだろう。

考えただけでも、胸が高鳴る。

ここが上手《うま》くいけば、さらに二号店、三号店と店舗を増やしていくこともできる。

最終的にはマリンフォレスト全土――いや、他国にまで進出してスイーツの素晴《すば》らしさを喧伝《けんでん》することだってできるかもしれない。

ティアラローズの夢はどんどん広がっていく。

「でも、子どもたちを預けてわたくしだけスイーツを食べるのは、ちょっと気が引けてしまうわね」

「ふふっ、三人ともティアラローズ様のお菓子が大好きですものね」

「そうね」

オリヴィアの言葉に、ティアラローズはルチアローズのことを想像してくすりと笑う。知ったらきっと、「ずるい～！」と言ってほっぺを膨らませるに違いない。

――お土産《みやげ》を用意しておいてもらおう。

スイーツを食べ終わると、ちょうどいい時間になっていた。

もう少しで、開店だ。

「ティアラローズ様は最初にご挨拶がありますから、準備いたしましょう」

「ええ。その前にここを片付けておきましょう」

今日はオープン初日でスタッフ全員が忙しい。

片付けなど自分たちでもできることは、積極的に行っていきたいと思っている。後から恐縮《きょうしゅく》されてしまうかもしれないが。

「わたくしにお任せください、ティアラローズ様」

「一緒に片付けるわ」

しかしティアラローズとオリヴィアが動く前に、すっとレヴィが出てきた。

「私にお任せください」

ティアラローズは首を振って、「見ていて」と手のひらでテーブルの上を撫でるような仕草をする。

するとシャボンがぽぽぽんっとテーブルの上に現れて、あっという間にピカピカにしてしまった。

まるでシャボンのイリュージョンでも見ているかのようだ。

「～～～はあぁぁんっ！　ティアラローズ先輩の魔法！　素敵‼」

「これは見事……ですが、ティアラローズ様はあまり魔法が得意ではなかったのでは？」

レヴィがオリヴィアの鼻にハンカチを当てながら、何かありましたか？　と尋ねる。

「実は最近、魔力が増えたのか魔法が使いやすくなっているの」

「そんなことが⁉　わたくしも必死に練習したら、魔法を使えるようになるのかしら」

ティアラローズの言葉を聞いて、魔法が一切《いっさい》使えないオリヴィアが希望を見出《みいだ》そうとしている。

「魔力は大人になってからはあまり伸《の》びないと聞きますが……ティアラローズ様は妖精王から祝福も授《さず》かっていますし、特別でしょうか」

「レヴィ、それはわたくしでは魔法は使えないと遠回しに言っているの？」

「オリヴィアのことは私が守りますから、魔法を使えなくても問題ありません」

「…………」

そうではない、オリヴィアはそう言いたそうな微妙《びみょう》な顔をした。

「ですが、理由がわからないとなると少し心配ですね。もちろん、ティアラローズ様の魔力が成長したというだけなら嬉しい限りですが」

「そうね……。今のところ変な感じはしないから、大丈夫だと思うわ」

妊娠《にんしん》するとお腹《なか》の子どもの影響《えいきょう》で魔力に異変が起きたりもしたが、今回は妊娠していないと医師の判断も下っている。

なのでティアラローズは、今までの経験から自分の魔力の扱いが上達したのかもしれないと、気楽に考えていた。

「さあ、開店の時間になるわ。行きましょう」

「はいっ！」

ティアラローズたちは個室を出て店内へ向かった。


森と妖精をモチーフにした店内はとても可愛らしく、夜空をイメージした天井《てんじょう》からは星のシャンデリアが優しく照らしている。

壁に飾《かざ》られた絵画はマリンフォレストの風景画で、お店で取り扱っている食材の畑などが描かれたりしている。

テーブルの上には、レースを取り入れたテーブルクロスと一輪の花。

スタッフの制服は、セピアを基調にした落ち着いた色合いだ。

開店時間になると、わっと大勢のお客さんが店内に入ってきた。どうやら、かなりの人数が並んで待っていてくれたらしい。

初日の今日は招待客と予約で満席になっていて、この先もしばらくは予約客だけで手一杯《ていっぱい》のため、当日客はほとんど入れないだろう。テイクアウトのみ、予約せず購入《こうにゅう》できる。

ティアラローズたちはこっそり奥からお客さんが席に着くのを覗いている。

「大人気ですわね、ティアラローズ様」

「ええ。予約も三か月先までいっぱいなの」

五十席とかなり広くしたので大丈夫だろうと思っていたのだが、ティアラローズの影響力は本人が思っている以上にあった。

事前に告知を出したところ、予想をはるかに超《こ》える問い合わせが来てしまい……予約開始日は天手古舞《てんてこまい》だった。

お客さん全員が席に着くと、スタッフがティアラローズを呼びにきた。

「ティアラローズ様、こちらへどうぞ。ご挨拶をお願いいたします」

「ええ」

開店初日のお客さんは、一般席《いっぱんせき》にもちらほら貴族の令嬢や夫人も見えている。ティアラローズが何度か顔を合わせた人もいて、笑顔を見せてくれた。

招待状を送ったアランもいて、瞳をランランと輝かせている。早くスイーツが食べたい、見たい！　という思いが伝わってくる。

――ドキドキしてしまうわね。

いつもと違う緊張《きんちょう》に、ティアラローズは小さく深呼吸を繰《く》り返《かえ》した。

ティアラローズがお客さんの前に出ると、わっと拍手《はくしゅ》が起こる。

「みな様、本日はスイーツ専門店『妖精の砂糖菓子』へお越しいただきましてありがとうございます」

店内を見回してみると、みんながわくわくした表情を見せてくれている。それだけ、ティアラローズのスイーツ店が楽しみだったのだろう。

ここではティアラローズが以前スイーツ大会で作ったケーキなども振舞《ふるま》われるので、それを目当てにしている人や、ほかのお店のパティシエも来ている。

「わたくしがマリンフォレストに嫁いできてから、ずいぶんとお菓子のお店が増えました。さらにスイーツ大会が開かれ、この国の製菓《せいか》技術はどんどん進歩していっています。とはいえ、製菓の材料はまだ高いものも多く、なかなか手を出すのが難しいこともあります」

早期解決は難しいけれど、技術の進歩により、それら――たとえば蜂蜜《はちみつ》などが、もっと安価なものも供給できるようになる日も来るだろうとティアラローズは考えている。

時間はかかるが、これだけスイーツ好きがいるのだから未来は明るい。

「まだ高価なものが多いお菓子ですが、いつか誰でも気軽に食べられるほど普及《ふきゅう》していってくれたらと思っています。どうか、みなさんのお力をお貸しくださいね」

食べるだけでなく、お菓子の原料となる果物などを作ることや、誰かにスイーツを普及することーーなどさまざまな形で興味を持ってもらいたい。

そのすべてが、ティアラローズの描く誰でも気軽にお菓子を食べられる未来に繋がっていくのだ。

「……あまり長くお話ししては、お菓子を楽しめませんね。どうぞ、心ゆくまでお楽しみくださいませ」

ティアラローズが挨拶を終えると、次にパティシエがスイーツの説明をする手筈《てはず》になっていた。なっていたのだがーー現れたのは、別の人物だった。

「『妖精の砂糖菓子』の開店おめでとう、ティアラローズ」

「アクアーースティード、陛下っ！」

ダークブルーの薔薇《ばら》の花束を持ったアクアスティードが、笑顔でティアラローズの下まで歩いてきた。

その顔には、ドッキリ大成功とでも書かれているかのようだ。お店の隅《すみ》では、オリヴィアがにやにや楽しそうにこちらを見ている。

お客さんたちも、サプライズで現れたアクアスティードに黄色い悲鳴を上げている。

あまりにも突然だったので、ティアラローズは動揺《どうよう》が隠せない。

――あやうく、いつも通りアクアと呼ぶところだったわ……っ！

ドキドキする心臓をどうにか鎮《しず》めようと試みるのだが、それをさせないのがアクアスティードだ。

すぐ横までやってきて、とびきりの笑顔を見せられてしまった。もうドキドキしすぎて、何も言えない。

そんなティアラローズの代わりを務めるかのように、アクアスティードが口を開く。

「私の妃《きさき》――ティアラローズのお菓子は、誰もが幸せになってしまう魔法のお菓子だ。いつも子どもたちが夢中で食べているのだけれど……実は一番夢中になっているのは、何を隠そう私だろうね」

アクアスティードがティアラローズのお菓子が一番好きなのは自分であると告げると、お客たちも楽しそうに微笑む。

「素敵！」

「まさに理想の夫婦ですわ」

「マリンフォレスト一お似合いですもの」

お客の言葉を聞いて、アクアスティードは「ありがとうございます」と告げる。

「だから本当は——お店にせず、私が独《ひと》り占《じ》めしたい気持ちもあるんですよ」

そうアクアスティードが続けると、さっきより大きくお客が反応する。

「ですが、私はそれ以上に……ティアラローズのお菓子でマリンフォレストが豊かになっていくのを見たいと思っています。今日のひと時、どうぞ楽しんでいってください」

アクアスティードが締《し》めくくると、わあああぁっと大きな拍手が店中に満ちる。きっと、外にも聞こえているだろう。

ティアラローズが頬を染めながらもダークブルーの薔薇を受け取ると、拍手はさらに大きくなった。


「まさかいらっしゃるなんて、聞いていません……っ！」

場所を店内から個室へ移し、ティアラローズは突然やってきたアクアスティードに詰《つ》め寄《よ》る。

嬉しすぎて、大失態を演じてしまうかと思った。

けれどアクアスティードは、そんなティアラローズを見て楽しそうに微笑むだけ。

「私だって、ティアラのお店のお祝いをしたかったんだ」

そう言い、ティアラローズのこめかみに優しくキスをする。

「駄目だった？」

「……その聞き方は、ずるいです」

アクアスティードが来てくれたのだから、嬉しいに決まっているのだ。

ティアラローズは肩の力を抜いて、隣に座るアクアスティードに甘えるように寄りかかる。すると、先ほどもらった薔薇の香りがした。

「アクアがとってもいい香りです」

「そう？　ティアラは……お菓子の甘い香りがするね。美味しそうで、食べちゃいたいくらいだ」

「……っ！」

くすりと笑ったアクアスティードが、ティアラローズの唇《くちびる》に食べるようなキスをする。

アクアスティードにとって、ティアラローズはどんな砂糖菓子よりも甘い。

「ん……、わたくしはお菓子じゃありませんよ？　食べられてしまうかと思いました」

「ティアラのこととなると、どうしても夢中になる」

「…………」

アクアスティードのストレートな言葉に、ティアラローズは手で顔を隠す。いつもいつも、何度聞いたとしてもこの甘い台詞には慣れない。

——嬉しいけれど、やっぱり恥ずかしい！

でも止《や》めてほしいとも言えないので、困ったものだ。


室内にノックの音が響《ひび》き、店内の様子を確認してくれていたオリヴィアとレヴィがやってきた。その横には、アランもいる。

「お店は順調ですわ、ティアラローズ様。それと、アラン様からご挨拶したいと申し出がありましたので、ご案内いたしました」

「ご無沙汰しております、アクアスティード陛下、ティアラローズ様。招待いただきありがとうございます」

「ようこそ、マリンフォレストへ」

「アラン！　わたくし、あとでご挨拶に伺《うかが》おうと思っていたのに……」

ティアラローズが慌てて立ち上がると、一国の王妃に挨拶にこさせるなんてとんでもないですとアランは首を振る。

最近いっそう男らしくなってきた、アラン・サンフィスト。

フィリーネの弟で、サンフィスト家の長男だ。

マリンフォレストでスイーツのお店『フラワーシュガー』を経営しており、その業績は右肩上がり。マリンフォレストでも大人気のお菓子ブランドだ。

レヴィが紅茶を用意したので、席に着いた。

「新作スイーツ、本当に全部美味しかったです！　苺のケーキが特に美味しくて、やはりマリンフォレストの苺は最高ですね。ラピスラズリにも仕入れたいのですが、生ものなので鮮度《せんど》が難しく……ジャムならいいのかもしれませんが、しかし生の苺に敵うものはなくて……！」

どうしても美味しい苺ケーキを作りたいというアランの熱い想いに、ティアラローズも必死で頷く。

「わかる、わかるわ！」

現代と違い、この世界の移動手段は馬——つまり馬車。

どうしても、食材を新鮮《しんせん》なまま運ぶことは難しい。

輸送はほとんど常温になるため、苺など繊細《せんさい》な果物は遠くから取り寄せることはできないのだ。

一応冷蔵庫のような魔道具《まどうぐ》は存在しているが、移動時間が長いため輸送時に使うとコストがかかりすぎてしまう。

「やはり多くの場所で生産できる環境《かんきょう》が必要ですね。もちろん作ってはいるのですが、場所によって味にばらつきが出てしまって……」

なかなか難しいのですと、アランが頭を抱《かか》えている。

「それなら、地域ごとに苺の『ブランド』を作ってしまえばどうかしら。村の名前を付けた苺にしてみる、とか」

「それはいいですね！　そうしたら、村ごとの特産品にもなりますし、愛着だってわさます。さすがはティアラローズ様です！」

アランはこうしてはいられないとばかりにメモを取り、ワクワクしている。

「いつかスイーツだけではなく、苺のブランド大会なんていうのも開催してみたいですね」

「それはとっても素敵ね……！」

とても魅力的《みりょくてき》な提案に、ティアラローズは手を合わせて感動する。苺の食べ比べだって楽しいのに、大会を開いたらどれだけ素敵な苺が集まるのか……。

どんどん品種が増えていき、地域ごとの特徴《とくちょう》も現れるだろう。

「各国で一番の苺を決めて、さらに国単位で参加する大会があってもいいんじゃないかしら……！」

　全国大会からの世界大会だ。

「素晴らしすぎで――あっ‼」

　ティアラローズの提案に、アランが一層熱くなる。が、そのはずみで腕がティーカップに当たってしまった。

　しかし零《こぼ》れ切るより先に、ティアラローズが魔法を使う。

「水よ、ティーカップの中に集まれ」

　すると、水が球体になってティーカップの中へと戻っていった。

「わ、すごい……。ありがとうございます、ティアラローズ様」

「服にかからなくてよかったわ」

「――っと、私ばかり喋《しゃべ》ってしまいましたね。すみません、どうにもお菓子のことを話すと止まらなくなってしまって」

「アランったら」

　そう言い二人で笑うティアラローズとアランだが、お菓子のことになると熱くなってしまうところはそっくりな二人だとオリヴィアとレヴィは笑う。

　しかしアクアスティードは、ティアラローズの魔法が日に日に強くなっていることに――少しの不安を抱《いだ》いていた。

第二章　可愛い猫ちゃん

スイーツ店『妖精《ようせい》の砂糖菓子《がし》』も無事軌道《きどう》に乗ったころ。

忙《いそが》しい日々が終わり平穏《へいおん》な毎日を過ごしている……と思いきや、ルチアローズの騎士《きし》ごっこに付き合わされて地味にハードな毎日を送っていたりする。

ティアラローズはシュティルカとシュティリオの部屋へやってきた。

まだ小さな二人は同じ部屋を使っている。星と太陽をモチーフにした落ち着いたデザインだ。

ルチアローズの部屋とは隣《となり》同士。

「はあぁ～もうクタクタだわ」

シュティルカとシュティリオが寝《ね》ている横にダイブして、ティアラローズは大きく息をはく。

今までルチアローズに付き合って、おままごと――もとい騎士ごっこをして遊んでいたため疲《つか》れ果《は》ててしまった。

すると、シュティルカとシュティリオに添い寝していたアクアスティードが体を起こした。どうやら意識はあったみたいだ。

「お疲れ様、ティアラ」

「アクアもルカとリオの寝かしつけをありがとうございます」

「これくらい楽なものだよ」

そう言って笑うアクアスティードは、ティアラローズを寝かしつけるように頭を撫《な》でてくる。

ちなみにルチアローズは遊び疲れたようで、自室で寝ている。

「アクア……。アクアも、騎士たちも、みんなすごいですね。わたくし、少し動いただけでへとへとになってしまいました」

これでもストレッチやちょっとした筋トレをしているというのに、ルチアローズの体力についていける気がしない。

ティアラローズがベッドにダイブした揺《ゆ》れのせいか、隣から「んぅ～？」という寝ぼけた声が聞こえてきた。

「ルカ、起こしてしまったかしら」

「まま……」

シュティルカは大きな欠伸《あくび》をして、のそのそとティアラローズの方へ這《は》いずってきた。そのまま手をのばして、ぎゅ～っと抱《だ》き着《つ》いてくる。どうやら、まだ寝ぼけているみたいだ。

「ごめんなさいね、眠《ねむ》たいわよね」

ティアラローズは「いい子いい子」とシュティルカの頭を撫でてやる。そのまま横になって、子守歌《こもりうた》をうたう。

「花のゆりかごを揺らして、いい子いい子にお眠りなさい♪」

すると、たちまち瞼《まぶた》が落ちてシュティルカは気持ちよさそうに寝息《ねいき》を立て始めた。

そんな可愛《かわい》い様子を見ていたら、ティアラローズもうとうとしてきてしまった。まだドレスのままだし、化粧《けしょう》だって落としていないというのに……。

――起きなきゃ。

どうにかベッドから立とうと腕《うで》に力を入れたのだが、「駄目《だめ》だよ」という甘い声が。そのままベッドに寝かされてしまった。

「！　アクア、そんなことをされたら寝ちゃいます」

「構わないよ」

「わたくしが構いますっ！」

こんなの気持ちよすぎて、眠ってしまうに決まっている。

このままではいけないと思い立ち上がろうとするのだが、アクアスティードが問答無用に寝かせようとしてきた。

「全部やっておいてあげるから、大丈夫《だいじょうぶ》」

「――っ⁉」

アクアスティードの言葉に、ぶわっと顔が熱を持つ。

――それは全然大丈夫ではないやつでは⁉

というか全部とは⁉　と、いろいろ気になってしまう。

アクアスティードに夜着に着替《きが》えさせられ、化粧を落とされ……と考えたら、さすがに申し訳なさすぎる。

しかもアクアスティードのことなので、化粧水なども使い完璧《かんぺき》に仕上げてくれるのだろう。

――そんなことをされたら、自堕落《じだらく》になってしまうわ！

ぶんぶん首を振《ふ》り、ティアラローズはどうにか起き上がる。

「もっと甘えてくれたらいいのに」

アクアスティードは残念そうにしているが、ティアラローズだって同じような気持ちだ。

なので、ぎゅっとアクアスティードに抱きつく。

「ちゃんと起きているときに甘えさせてくださいませ」

「……うん。寝ているティアラも可愛いけど、やっぱり起きてこうやって甘えてくれるティアラは格別だ」

くすりと笑い、アクアスティードは「もっと甘えて」とティアラローズに優《やさ》しいキスをする。

「ん……」

ティアラローズが素直《すなお》に受け入れると口づけが段々と深くなり、体が跳《は》ねる。

このまま押し倒《たお》されそう――そんなことを考えた瞬間《しゅんかん》、アクアスティードの動きがピタリと止まった。

何かに驚《おどろ》いたような、そんな表情をしている。

「……アクア？」

「あ、いや……。なんだか、ティアラの中の魔力《まりょく》が大きくなっているような気がして」

それで思わずフリーズしてしまったらしい。

「あ……確かに最近、またちょっと増えているみたいです。とはいえ、特に異変などはないですよ？」

「ティアラの体調が悪くなってないならいいけど……何かあったら、ちゃんと相談すること。心配になるだろう？」

「はい。ですが、わたくしとしては嬉《うれ》しいです。アクアの役に立つこともあるかもしれませんし」

　ティアラローズは素直に頷《うなず》きつつも、魔力が増えて強くなりたいとも思っている。

　そうすれば、いつまでもアクアスティードに守られてばかりではなく、堂々と隣に立てるからだ。

　パールの祝福で水の防御《ぼうぎょ》もあるのだから、ティアラローズが先陣《せんじん》を切ってもいいくらいだ。と、無謀《むぼう》なことも考えてしまう。

　――なんて、そんなことを言ったらまた心配されてしまうわね。

　容易に想像することができて、思わず笑《え》みがこぼれる。しかしアクアスティードはそれを見逃《みのが》さない。

「ティアラ？」

　何を考えたの？　と、アクアスティードが顔を近づけてくる。その手はわきわきと動かされているので、白状するまでくすぐられてしまうのだろう。

「わたくしも真っ先に戦えるようになるのでは!?　――と！」

「なんの躊躇《ためら》いもなく言うね……」

「だって、アクアは言うまでわたくしをくすぐったりするではありませんか」

　そうなったら、最終的に白状させられることは決定事項《じこう》なのだ。

だったら、さっさと口にしてしまった方がいい。

ティアラローズはそう判断したのだが、アクアスティードのがっかり具合がひどい。行き場を失った手が寂《さび》しそうだ。

「…………」

「……っ、ちょ、アクア！　無言でくすぐるのはやめ……っ！　ふ、ふふっ」

白状したのにくすぐられてしまい、ティアラローズは身をよじらせる。

「アクアがくすぐるなら、わたくしだって――！」

「ティアラ？」

同じようにくすぐろうと思ったティアラローズだったが、ふいにその手が止まる。視線が行った先は、自分の左手の薬指にはめている『星空の王の指輪』だ。

わずかにだが、キラキラと輝《かがや》いている。

――もしかして魔力が溢《あふ》れている？

普段《ふだん》見ることのない神秘さに、ティアラローズは目が釘付《くぎづ》けになる。

アクアスティードもそれに気付いたようで、視線がティアラローズの指輪へ移った。同じように、異変を察知したのだろう。

――でも、嫌《いや》な感じはしない。

それはきっと、この星空の指輪がアクアスティードの魔力を受けているからだろう。

──ということは、わたくしの魔力が増えていると思ったのは……アクアの魔力が増えているせい？

アクアスティードは書類仕事が忙しくとも日々の鍛錬《たんれん》を欠かさないし、魔法《まほう》の腕も以前より段違《だんちが》いに上がっている。

ティアラローズがつけている星空の王の指輪は、強大すぎるアクアスティードの力の一部をティアラローズが受け止めるためのもの。

アクアスティード一人では扱《あつか》いきれない魔力をティアラローズが受け取って、魔力の調整がされているのだ。

つまりここ最近ティアラローズの魔法が上達してきていたのは、アクアスティードの魔力が強くなったことが根本にあるようだ。

「ティアラの魔力が強くなった原因は、これか……」

「そうみたいですね。アクアは、不調などありませんか？」

「私はまったく問題ない。ただ、ティアラの負担になっているなら何か解決策を考えないといけないな……」

そう言って、アクアスティードは顎《あご》に手を当てて真剣《しんけん》に考え込む。

魔力問題はとても大変だということは、ティアラローズが子どもを身ごもったときに嫌というほど経験しているのだ。

今度はいったいどんなことが起きるのだと、そんなことを思ってしまう。

ぎゅっと抱きしめてきたアクアスティードが、肩口《かたぐち》に顔をうずめた。

「私が不甲斐《ふがい》ないばかりに、すまない」

アクアスティードは自分がもっと星空の王の力をコントロールすることができれば、ティアラローズにまで負担させる必要はなかったのに——と、そう考えているようだ。

「不甲斐なくなんてないです。アクアはわたくしの素敵《すてき》な旦那《だんな》様ですから。誰《だれ》よりも努力して頑張《がんば》っていることは、わたくしが一番知っています」

これで不甲斐なかったら、きっとこの世界に甲斐性《かいしょう》のある男性なんていないだろう。

「それに、今までより魔法を使えるようになって……実はちょっと嬉しいんです」

ティアラローズが笑顔《えがお》で告げると、抱きしめていたアクアスティードの力が少し緩《ゆる》んだ。

「ありがとう、ティアラ」

「いいえ。ちょっと弱気なアクアは、なんだか珍《めずら》しいですね。甘えますか？」

「ティアラ……こんな状況《じょうきょう》だって言うのに、楽しんでいるだろう？」

「——」

ずばり言い当てられてしまい、ティアラローズはさっと顔を逸《そ》らす。

「ティアラは自分のことなると楽観視して、後回しにする」

「……否定はしませんが、本当に体調などは悪くないんですよ？　魔力だって、そんなに気にするほどでもないですし」

むしろ魔法の扱いが上手《うま》くなってきたと感じているので、ティアラローズ的には嬉しいことずくめなのだが……アクアスティードは心配で仕方がないようだ。

──アクアの気持ちももちろんわかるのだけれど……っ！

でも、今まで魔法があまり得意でなかったので──正直、ちょっと嬉しいなとはしゃいでしまう自分がいることも否定はできない。

そしてふと、ティアラローズはピコンとあることを思いつく。

ぱっと表情が明るくなったからか、アクアスティードから「何を思い付いたの？」と言われてしまう。

「……アクアに、魔法の使い方を教えてもらったらいいのでは……と」

「魔法を？」

「はい。わたくしが使う魔法はお菓子作りという限定的なものだったのですが、魔力が増えたこともあって、違《ちが》う使い方もできるようになったんです」

「お店で使っていたね」

アランが零《こぼ》した紅茶を集めるために使ったけれど、ほかにもできることはある。

ってていた水を魔法で満たしてみせた。


ティアラローズはサイドテーブルに置いてあった水差しを手に取って、ほとんどなくなっていた水を魔法で満たしてみせた。

「なるほど……確かに、きちんと魔法を習うのは悪いことじゃない。私でよければ、いつでも教えるよ」

「ありがとうございます」

快諾《かいだく》してくれたアクアスティードに、ティアラローズはお礼とばかりにぎゅっと抱きつく。体重を預けると、受け止めてもらえるのでとても安心できる。

——アクアの腕の中、心地《ここち》いい。

ずっとこのままでいたい、なんて思ってしまう。

するとそれを察したのか、アクアスティードの手がティアラローズの髪《かみ》を撫でる。

ふわふわの髪は触《さわ》り心地《ごこち》がよく、アクアスティードもいつまでも触《ふ》れていたいと思ってしまう。

「ティアラ」

「アクア……」

名前を呼ばれたティアラローズは、アクアスティードの胸元《むなもと》に手をついてゆっくり体を離《はな》す。

優しい金色の瞳《ひとみ》が細められたのを見て、自分からも体を少し浮《う》かせてキスを——

『みゃっ⁉』

――キスをしようとした瞬間、ティアラローズが着ていたドレスがばさりと落ちた。

「ティアラ⁉」

しかしすぐ、ドレスの中から『にゃにゃぁ～』と声が。その声の主を、アクアスティードはゆっくり抱き上げた。

「白い……猫？」

しかしティアラローズは自分の身に起きたことが全く理解できていない。

――なんでわたくしのドレスが？

着ていたはずのドレスが落ちている。

『にゃにゃっ⁉（ということはわたくしは裸《はだか》⁉）』

アクアスティードには嫌というほど見られているとはいえ、さすがにいきなり明るい部屋で……なんて恥《は》ずかしいに決まっている。

ティアラローズはアクアスティードの腕の中から暴れるように飛び出して、自分の体の軽さに驚く。

『にゃ……？（え……？）』

しかも冷静になってみると、喋《しゃべ》れていないことにも気付く。

アクアスティードへ視線を向けると、なんともいえない顔をしている。困ったような、しかしそれでいて甘やかしたそうな……。

――いったい何が、って、あら？

ティアラローズは姿見に気づいた。そこに映っている可愛い白猫に、いつのまにと思いつつ頬《ほお》が緩む。

『にゃ～（撫でたい！）』

そう思って振り返るも、鏡に映った白猫はいない。

――ん？

どこかへ行ってしまったのだろうかと思ってもう一度姿見を確認《かくにん》すると、白猫はちゃんといた。

『………』

嫌な予感がしたティアラローズは、そっと手を上げてみた。すると、鏡の中の白猫もそっと手を上げた。

これは間違《まちが》いなく――自分だ。

『にゃにゃにゃっ!?（え、どういうこと!?）』

突然《とつぜん》姿が変わってしまったことに、ティアラローズはもちろんアクアスティードも驚いた。だってまさか、人間が猫になるなんて。

ティアラローズはもふっとした自分の足を見て、さっと青ざめる。

姿見に映っているのは、ふわふわの白猫。

種類はペルシャに似ていて、毛並みはロングヘア。パッチリした水色の瞳にティアラローズの面影《おもかげ》が残っている。

『にゃにゃにゃ〜！（猫になってる‼）』

目の前の可愛い猫を普通《ふつう》であれば抱きしめたいと思うのだけれど、自分が猫になってしまってはそんな悠長《ゆうちょう》なことを考えている余裕《よゆう》なんて一ミリもない。

『にゃにゃうにゃう！（どうしましょう！）』

ティアラローズが姿見の前であわあわしていると、ふいに後ろから抱き上げられた。脇《わき》の下《した》とお尻《しり》を支えられ、しっかり固定されている。

もちろん自分を抱き上げたのは、アクアスティードだ。

「いったいどうして……って、直前に星空の王の指輪が光っていたのだから、それ関連であることは間違いないか。すまない、ティアラ」

『にゃにゃ～！（アクアのせいではありませんっ！）』

申し訳なく思っているアクアスティードに、ティアラローズはぶんぶん頭を振って気にしなくていいのだという意思を伝える。

もし星空の王の指輪が関係していたとしても、それはアクアスティードだけのせいではない。自分にだって、力不足なところはあるはずだ。

「にゃ～としか聞こえないけど……ティアラの言いたいことはわかるよ。ありがとう、ティアラ」

『にゃん（よかった）』

ティアラローズがほっと胸を撫でおろすと、アクアスティードがくすぐるようにティアラローズの額を撫でた。

『！』

指先でくすぐられるその感触《かんしょく》が、人間のときとまったく違う。なんともいえないむずがゆさと、幸せな気持ちが込《こ》み上《あ》げてくるのだ。

もっともっと撫でてほしいと、そう思ってしまう。

――やだ、わたくしったら！

はしたない、そんなことを思いつつも、もっと撫でてほしくて無意識のうちに自分の額をアクアスティードの手に押し付けてしまう。ぐりぐり擦《こす》りつけて、この人は自分の旦那様なのだとマーキングする。

普段は見られない積極的なティアラローズに、アクアスティードはメロメロにされてしまいそうだ。

「……ティアラ、可愛すぎるよ」

『うみゃぁ～（あぁぁっ、わたくしったら‼）』

でも止まらない。

「もふもふで、毛並みも綺麗《きれい》だ」

『……っ！』

今度は顎の下をくすぐられて、ティアラローズはもう降参とばかりに寝転《ねころ》がる。するとお腹《なか》も撫でられて、さらにとろけさせられてしまう。

『みゃ～（これは危険だわ！）』

「ん～」

「なにー？」

ティアラローズがみゃーみゃー喋っていたからか、シュティルカとシュティリオが目を覚ましてしまった。

『にゃにゃあっ！（どうしよう、隠《かく》れなきゃ‼）』

母親が突然猫になっていたら、二人を驚かせてしまう。

ティアラローズが慌《あわ》てて逃《に》げられる場所を探そうとしたが、それより先にシュティルカに「ねこちゃ？」と捕《つか》まってしまった。

『にゃあぁ～』

「……ルカ、リオ、優しく撫でてあげて」

『にゃぁっ⁉（アクア⁉）』

「あい！」

「にゃんにゃ」

シュティルカが元気に返事をし、シュティリオも嬉しそうにティアラローズのもふもふを抱きしめてきた。

――うう、無下《むげ》にできないわ。

幸い自分が母親であることはばれていないので、ここは猫として貫《つらぬ》き通《とお》すしかないとティアラローズは結論を出す。

アクアスティードも笑顔で見守っているので、おそらくそのつもりなのだろう。

――なら、今は猫として接するのが一番ね。

そう思い遊んであげようとしたのだが――勢いよく扉《とびら》が開いて、ルチアローズが飛び込んできた。

「お母さま～っ、あれ？」

しかしティアラローズの姿を見つけることができず、きょとんと目を瞬《しばたた》かせる。

ルチアローズの後ろに控《ひか》えていたメイドは、アクアスティードの姿があったため礼をしてその場を後にした。

ルチアローズはきょろきょろ室内を見回して、アクアスティード、シュティルカ、シュティリオ……と、順番に全員を見る。

そして最後にルチアローズの瞳に映ったのは——可愛い白猫。


「……お母さま？」


『にゃっ⁉』

「——！」

「まま？」

「まーま？」

ルチアローズの言葉に、全員が驚いた。

だってまさか、猫を見て母親だと言うなんて思いもしなかったからだ。てっきり、可愛い猫ちゃんと言われてもふもふされるくらいだろうと思っていたのに。

シュティルカとシュティリオもティアラローズのことをじぃぃっと見つめ、すぐに「まま！」と瞳を輝かせた。

『にゃにゃぁ～っ⁉（どうしてわかったの⁉）』

ティアラローズが逃げるようにシュティルカの腕から出ると、アクアスティードに抱き上げられた。

「たぶん、魔力で判断したんだろうね。姿は猫だけど、魔力や雰囲気《ふんいき》はいつものティアラだから」

子どもの方が内面をよく見ているものだと、アクアスティードが感心している。とはいえ、子どもたちがわかったのはその魔力の高さゆえでもあるだろう。

『にゃ……（なるほど……）』

「お母さま、かわい～！」

ルチアローズはにこにこしながら、ティアラローズのことをぎゅっと抱きしめてきた。

その顔がとても嬉しそうなので、仕方がないと大人しく抱きしめられる。

「えへへ」

「あ～ずういー！」

「ぼくもー！」

シュティルカとシュティリオが自分も自分もと主張を始め、二人でティアラローズにのしかかってくる。

『にゃにゃっ⁉』

さすがに今の小さな体では、子ども三人とはいえ押し潰《つぶ》されてしまう。

ティアラローズが慌てて逃げようとすると、ルチアローズが「め！」とシュティルカとシュティリオに注意した。

「お母さまが潰れちゃうでしょ？」

「う～」

「んぅ……」

ルチアローズに注意されて、シュティルカとシュティリオはしょんぼり眉《まゆ》を下げつつも、ティアラローズから離れてくれた。

――お姉ちゃんの言うことを聞いて偉《えら》いわ！

普段はあまり感じていなかったけれど、子どもたちは日々成長しているのだなと感慨深《かんがいぶか》いものがあった。

そんな子どもたちを見ながら、アクアスティードはティアラローズのドレスを軽くたたんでベッドサイドへ置く。

「これは……」

アクアスティードがドレスの間から転げ落ちたものを手に取る。いつもティアラローズがつけている結婚《けっこん》指輪と星空の王の指輪だ。

その間に、ルチアローズはお団子ヘアに使っているリボンをほどいてティアラローズの首のところにかけていた。

「どうぞ、お母さま～！」

『にゃ』

どうやら何もつけていない状態のティアラローズに、プレゼントしてくれるようだ。ただ、ルチアローズでは上手くつけられない。

アクアスティードはリボンを手に取り、ルチアローズを見る。

「つけてあげるの？」

「うん！」

元気いっぱいなルチアローズの返事にくすりと笑い、アクアスティードはリボンをティアラローズの首元に結ぶ。

そのリボンには、二つの指輪が通してあった。

ティアラローズが猫になった際、指から抜《ぬ》け落《お》ちてドレスの中に紛《まぎ》れ込んだらしい。

「これでよし、と」

『にゃ～（ありがとうございます）』

二つの指輪がついた水色の可愛いレースのリボンは、真っ白な毛によく似合う。

「可愛い！」

「かぁい～！」

「かあい！」

『にゃにゃぁ～！（ありがとう、ルチア、ルカ、リオ）』

ティアラローズはお礼の代わりに、ルチアローズの頬に顔を寄せて頭をぐりぐり擦りつける。

『にゃにゃっ』

「きゃー、くすぐったいの」

それを見たシュティルカとシュティリオが「ぼくも～」と言って、親子で楽しくじゃれあった。

◆

――翌朝。

ティアラローズが目を覚ますと、隣にアクアスティードの姿はなかった。もう公務に出かけてしまったのだろうかとベッドから起き上がり、『にゃっ！』と声をあげる。

『にゃにゃにゃにゃ～！（そうだわ、わたくし猫になってしまっていたんだわ!!）』

自分が猫になってしまったことは家族しか知らないので、どうしようとティアラローズはベッドの上をうろうろする。

　このままアクアスティードが戻《もど》ってこなかったら……不安が脳裏《のうり》をよぎる。けれど、そんな心配をよそに、扉が開いてアクアスティードが姿を見せた。

「ああ、おはようティアラ」

『にゃ〜！（アクア！　おはようございます‼）』

　アクアスティードの顔を見てほっとしたティアラローズは、ベッドから降りて床《ゆか》を蹴《け》り上げ、そのままの勢いでアクアスティードの肩へ飛び乗った。

『にゃっ⁉（わ、猫の体ってすごい！）』

　でもちょっとびっくりしてしまったので、ティアラローズはアクアスティードの肩にひしっとしがみつく。

「大丈夫？」

『にゃ！』

　ティアラローズが頷くと、アクアスティードは「よかった」と微笑《ほほえ》んだ。

『にゃ？（あら、アクアったら珍しい）』

　見ると、アクアスティードはマントをつけていた。普段はつけたりしないので、なんだか新鮮《しんせん》だ。

　――格好良い。

「ん？」

『にゃ～（いいえ？）』

「そう？　猫のままでも食べられるメニューを用意してもらったから、朝食にしようか」

『にゃ（はい）』

アクアスティードが先に起きていたのは、ティアラローズのために準備をしてくれていたからだったようだ。

猫になってしまって不安な気持ちはあったけれど、アクアスティードの気遣《きづか》いで朝からちょっぴり幸せな気分になれた。


『にゃ』

「えっ!?　ティアラローズ様!?」

「これは驚きました……」

「……！」

一晩経《た》ってもティアラローズの体は人間に戻らなかったため、オリヴィアとレヴィ、エリオット、タルモにのみ事情を説明した。

「ティアラは体調不良、ということにしておいてくれ」

「かしこまりました」

ひとまずすぐに混乱するようなことはなさそうで、ティアラローズはほっとする。

『にゃ～（よろしくお願いします、オリヴィア様）』

「ティアラローズ様……あぁっ、とってもとっても可愛いですわ！　さすがはわたくしの先輩《せんぱい》っ！　すはすはした……っうぅぅ」

「オリヴィア」

オリヴィアが猫になってしまったティアラローズに対する思《おも》いの丈《たけ》を口にしている途《と》中《ちゅう》で、レヴィがハンカチで鼻をそっと押さえる。

『にゃうん……（こんなに鼻血を出して、体調は大丈夫なのかしら……）』

赤く染まったハンカチに心配していると、レヴィがすぐ新しいハンカチに替えていた。なんとも冷静で優秀《ゆうしゅう》な執事《しつじ》だ。

「まさか猫になるなんて、びっくりしました。フィリーネはすごく心配すると思うので、ひとまず伝えないでおきますね。何かあれば相談してください」

「ああ、すまないがよろしく頼《たの》むエリオット」

冷静に見せつつ猫の背を撫でたそうにしている、エリオット・コーラルシア。

センター分けのオレンジがかった茶色の髪に、深緑の瞳。物腰《ものごし》は柔《やわ》らかいが、アクアスティードの優秀な側近だ。

フィリーネの夫であり、今は三児の父だ。

「ティアラローズ様の部屋の扉は、たとえ相手が何者であっても必ずこの命に代えても死守してみせます」

『にゃにゃっ⁉（命はもっと大事にして⁉）』

タルモが言うと冗談《じょうだん》か本気かわからなくて困ると、ティアラローズは冷《ひ》や汗《あせ》をかく。

鼻血の止まったオリヴィアはコホンと咳払《せきばら》いをし、「レヴィ」と執事に呼びかける。

すると、レヴィの懐《ふところ》から猫用のブラシが数種類、それから猫じゃらしや蹴りぐるみなどのおもちゃが出てきた。

『にゃっ⁉（なんでそんなものを⁉）』

つい今しがたティアラローズが猫になったという話をしたばかりなのに、一式揃《そろ》えているなんて……やはりこの執事はかなりおかしい。

現に、オリヴィアも「これから用意してもらおうと思っていたのに！」と驚いている。

「こちらは最高級品の猫ブラシですから、ティアラローズ様にぴったりかと存じます」

「さすがよ、レヴィ！」

「オリヴィアの執事ですから、当然です」

オリヴィアはレヴィの用意したブラシを手にすると、優しくティアラローズの背中をブラッシングしてみせた。

普段は髪をとかしてもらっていたけれど、猫になると全身のブラッシングが必要になってくる。

『にゃぁ……』

「大丈夫ですわ、ティアラローズ様！　猫の姿でも、わたくしが完璧に仕上げてみせますもの」

ちょっと不安ではあったのだが、オリヴィアはかなりやる気になってくれているようだ。現に、ブラッシングの手際《てぎわ》もいい。

『にゃうぅ～』

——気持ちいい。

猫はブラシが好きな子と嫌《きら》いな子の差が激しいけれど、どうやら自分は好きなタイプだったようだ。

このままごろんと寝転がって、身を任せてしまいたい。

そう思っていたのだが、ストップがかかる。

「オリヴィア嬢《じょう》、ブラッシングは私がしよう」

「かしこまりました、アクアスティード陛下《へいか》」

どうやらアクアスティードは気持ちよくブラッシングされるティアラローズの姿を見せたくなかったようで、自分がすることにしたようだ。

その愛溢れる様子に、オリヴィアは瞳を輝かせ頷いている。

「では、わたくしはティアラローズ様のスケジュール調整をするために下がらせていただきますね」

「私も予定の調整と、図書館で似た事例がないか調べてみます」

「私は扉の外で護衛をしています」

「よろしく頼む」


全員が退室したのを確認し、アクアスティードは肩の力を抜いた。ソファに沈《しず》み込《こ》むように腰《こし》かけたので、かなり気を抜いているようだ。

『にゃ？（アクア、お疲れかしら……）』

ティアラローズが心配になってアクアスティードの膝《ひざ》の上に飛び乗ると、優しく撫でてくれた。

そして真剣な瞳が向けられ、ドキリとする。

「ティアラ、少し……その……」

『にゃ？』

「オリヴィア嬢が相手とはいえ、無防備すぎる」

『！』

部屋にはエリオットたちもいたのに、ブラッシングで気持ちよさそうにしているティアラローズを見てハラハラしていたらしい。

――確かに！　わたくしったら、いくら猫とはいえほかの男性の前で……はしたないわ！

ガガーンとショックを受けたティアラローズは、いてもたってもいられなくてソファの下へ逃げ込む。

人間と違って狭《せま》くて暗いところにも行けるので、猫は便利だ。

「ちょっ、ティアラ⁉」

『にゃにゃ～！（今は合わせる顔がありません！）』

無意識のうちに尻尾《しっぽ》も揺れてしまう。

アクアスティードがしゃがみ込んでソファの下を覗《のぞ》き込み、「おいで」とティアラローズに手招きする。

『にゃっ！（アクアが膝をついてソファの下を……！）』

それは駄目だと瞬時《しゅんじ》に判断し、ティアラローズはばっと飛び出す。しかしそのままアクアスティードの胸に収まると、くすりと笑われてしまった。

『にゃうぅ』

「いや、可愛いと思ってね。ブラッシングしてあげる」

アクアスティードはソファに座り直して、ティアラローズを膝にのせてブラッシングを始める。

『にゃ～（気持ちいい……）』

――さすがはアクア、ブラッシングの腕前も超《ちょう》一流だわ……！

気付くと、ティアラローズはすっかり眠りに落ちてしまった。


「……寝ちゃったのか」

アクアスティードは気持ちよさそうに寝ているティアラローズの額を撫でる。しかしその表情は、先ほどまでの優しい笑みではなく厳しいもので。

「ティアラは猫になって不安がっているだろうに、私にできることはひどく少ないな」

自分にできることといえば、猫のティアラローズをこれでもかと可愛がることだけだ。

アクアスティードまで不安そうにしていたら、ティアラローズはもっともっと不安になってしまう。

だからできる限りティアラローズが何も考えなくてもいいよう、可愛い猫として接することにした。

はたから見たら、妻が猫になったのにその態度はどういうことか！　――と、叱《しか》られてしまうかもしれないが。

それならそれで、別に構わないとアクアスティードは思っている。一番大切にし、最優先にすべきは誰かの声ではなくティアラローズの気持ちだ。

ティアラローズが不安にならないようにするのが、今の自分にできる精一杯《せいいっぱい》。

不安とは、他者に伝わりやすい。

「ティアラ……」

しんとした室内に、アクアスティードの声が静かに落ちた。


マリンフォレストの上空にある空の神殿《しんでん》。

ここには空の妖精王クレイルが住んでおり、いつもマリンフォレストを見守っている。簡単に入れる場所ではないが、訪問を許されると立ち入ることは可能だ。

「クレイル」

「ああ、アクアスティード。いらっしゃい」

許可されている一人が、アクアスティード。

幼いころからクレイルに祝福されていて、この神殿へは自由に来ることができる。

実はアクアスティードと付き合いの長い、空の妖精王クレイル。

青から白のグラデーションの切り揃えられた美しい髪と、王の証《あかし》である金色の瞳。空の力を操《あやつ》り、情報戦に長《た》けている。

アクアスティードにのみ祝福を贈《おく》っている。


「おお、やっときたのかえ」

「――！　パール様」

神殿の奥から、紅茶を三つ持ったパールが現れた。どうやら、クレイルはアクアスティードが訪ねてくることを予期していたらしい。

クレイルの恋人《こいびと》になった、海の妖精王パール。

銀色の長く美しい髪に、王を示す金色の瞳。和を取り入れたデザインのドレスは華《はな》やかで、パールの魅力《みりょく》を引き立てる。

アクアスティードとティアラローズの二人に祝福を贈っている。

パールはテーブルに紅茶を置いて、茶菓子の用意もしてくれた。

「すみません、パール様にご用意していただくなんて」

「これくらい構わぬ。して、いったい何用で来たのじゃ？」

どうやらクレイルは、パールに事情までは話していないらしい。

アクアスティードがクレイルの下を訪《おとず》れたのは、ティアラローズが猫になってしまったことを相談するためだ。

ティアラローズの前では笑顔を見せ、構ってみせはしたものの――内心では、かつてないほどの焦《あせ》りを感じていた。

――一刻も早く解決策を見つけなければ。

クレイルが何かいい方法を知っていたら――そう思うのだが、おそらくその望みは薄《うす》いだろうとアクアスティードは考えている。

もちろんクレイルとパールが解決策を知っているのであればそれに越《こ》したことはないのだが、アクアスティードが聞きたいことは別にあった。

「おいおいおいおい、遊びに来てみれば……なんだティアラ、人間はやめたのか？」

『にゃにゃ〜っ！（キース！　やめてくださいませっ!!）』

ティアラローズが自室でオリヴィアと一緒に子どもたちと遊んでいると、キースが転移でやってきた。

まじまじとティアラローズを見て、ひょいっと首根っこを掴《つか》まれ抱き上げられてしまう。

「なんだ、お前は喋れないのか……」

『にゃ〜っ！（おろして〜！）』

ティアラローズはじたばた暴れて抵抗《ていこう》するが、キースにはまったく効いていない。

後ろでオリヴィアがハラハラして「ティアラローズ様……」と心配そうにしているが、その顔には尊いと書いてあるような気さえする。

楽しそうにティアラローズを持ち上げているのは、森の妖精王キース。

一つに束ねた深緑色の長髪《ちょうはつ》に、勝気な金色の瞳。腰には扇《おうぎ》をさし、堂々とした立ち居振舞《ふるま》いは威厳《いげん》がある。

自由奔放《ほんぽう》だが、いつもティアラローズを助けてくれる頼《たよ》りになる人物だ。

ティアラローズとアクアスティードの二人に祝福を贈っている。

「キース！」

「きーちゅ」

「きーしゅ」

ルチアローズ、シュティルカ、シュティリオはキースが来てくれたことが嬉しかったようで、ぱっと笑顔になってその足にまとわりついた。

「こらこら、動けねーだろ」

足にしがみつくルチアローズたちに呆《あき》れつつも、キースは無理に振りほどこうとはしない。なんだかんだ文句は言うけれど、優しく面倒見《めんどうみ》がいいのだ。

しかしその間ティアラローズは宙ぶらりんになったままなので、それはいただけない。

『にゃあぁ！（キース、早くおろして！）』

「なんて言ってるかわからねぇなあ」

くつくつ笑うキースに、ティアラローズは『うにゃ』と尻尾を揺らす。猫が嫌なことを主張するときの尻尾の動きだ。

――あんまり酷《ひど》いと、爪《つめ》でひっかいちゃうんだから！

猫の爪は鋭《するど》くて、引っかかれたら地味に痛い。

『シャー！』

「うおっと」

ティアラローズが威嚇《いかく》するように声をあげると、キースが驚いた。

『にゃにゃん（ふふん、わたくしをからかうからよ）』

「お前なぁ……」

猫と妖精王で言い合いをしていると、「何してるの」とアクアスティードが帰ってきた。

『にゃ！（アクア！）』

「キース、人の妻を――」

首根っこを掴んで持つな、アクアスティードがそう言おうとした瞬間、ティアラローズの魔力にわずかな変化が生じてぽんっと猫から人間の姿に――

戻るよりも早く、アクアスティードは付けていたマントで猫の姿のティアラローズを抱きかかえた。

そしてその一瞬《いっしゅん》のできごとの直後、ティアラローズの体が人間に戻った。

「――っ⁉」

アクアスティードのマントにすっぽり包まれたまま、ティアラローズはいったい何が起こったのかと茫然《ぼうぜん》としてしまう。

「……ふう。ティアラ、大丈夫？」

「は、はい……」

アクアスティードのおかげで床に落ちることはなかったが、いきなりすぎて心臓がドッドッドッと嫌な音を立てている。

——びっくりしたぁ……っ！

「でも、人間に戻れてるわ。よかった」

「なんだ、もう戻っちまうのか？」

残念そうにからかうキースだが、人間の方がいいに決まっている。

しかしティアラローズがキースに反論するより早く、アクアスティードが奥の部屋へと歩いていく。

この奥は、ティアラローズのクローゼットだ。

そう、ティアラローズは裸のままアクアスティードのマントに包《くる》まれたまま。猫から人間に戻れたという事実に気を取られていて、自分の姿にまで頭が回っていなかった。

身につけているものといえば、アクアスティードが首に結んでくれた指輪のついたリボンだけ。

自覚して、ティアラローズの顔は一気に熱を持つ。

——あ、あ、アクアがいてよかった……!!

「オリヴィア、ティアラを頼む」

「はいっ！　お任せくださいませ‼」


ティアラローズが急いで着替えて戻ると、ルチアローズがぎゅーっと抱きついてきた。

せっかくなので、首のリボンはそのままだ。

「お母さま！」

猫の姿は可愛くて大好きだったけれど、やっぱりいつものティアラローズが一番いいのだろう。シュティルカとシュティリオも、ティアラローズの足にぎゅっとくっついてきた。

次にティアラローズの下へ来たのは、アクアスティードだ。

「ティアラ、気分が悪いとか、何か変なことはない？」

「はい。ありがとうございます、アクア」

アクアスティードに手を引かれ、ソファへ座る。ティアラローズの両サイドには、ルチアローズとシュティルカとシュティリオが座った。

そんなぎゅうぎゅうに座る様子を、オリヴィアは微笑ましく思う。

「すぐに紅茶とスイーツをご用意いたしますね」

「ありがとう、オリヴィア様」

どうして猫になっていたのかとか、なぜ戻ったのか？　など、調べたいことはいろいろある。

けれど今は、一番疲れているであろうティアラローズにスイーツを出すのが最優先事項だとオリヴィアは判断したようだ。

猫から人間に戻れたのだから、ゆっくり甘いものを堪能《たんのう》してもらうのがいいだろう。

「あぁっ、お店で出している苺《いちご》のケーキね！」

「そうです！　ティアラローズ様が考案されて、パティシエが改良に改良を重ねたとっても美味《おい》しい苺のケーキです！」

オリヴィアが用意してくれたケーキを前にして、ティアラローズは瞳を輝かせる。

隣にいるルチアローズたちも同じ反応をしているので、それがなんだか微笑ましい。

「いただきま――」

――す。

と言おうとしたところだったのに。

「……また可愛い姿になってしまったね」

「なんだ、ケーキはお預けだな」

アクアスティードはティアラローズの額を指でくすぐるように撫でて、キースはハハッと笑う。

ティアラローズは、なぜか再び猫になってしまった。ふわふわの白い毛並みは、まるでショートケーキみたいだ。

せっかく着替えたのに、またドレスに埋《う》もれてしまう。

『にゃっ⁉（なんで⁉）』

「お母さまがまた猫になっちゃった！　でも、とっても可愛い！」

ルチアローズが猫になったティアラローズを膝にのせて、頭をなでなでしてくれる。

それ自体はとても嬉しいのだけれど、せっかく人間に戻れたというのに、再び猫になってしまったことに戸惑《とまど》いを隠せない。

『にゃう……』

ティアラローズが不安そうな声をあげると、ルチアローズが「だいじょぶよ！」と一《いっ》生懸命《しょうけんめい》元気づけてくれる。

『にゃ……（ルチア……）』

なんていい子なのだろうと、ティアラローズは我が子の成長に感動する。

自分が猫という弱い立場になっただけで、なんだか子どもたちの成長をいつもより感じられている。

ぎゅーっと抱きしめてくれるルチアローズが、とても頼もしい。

「猫になったり人間になったり、忙しいな」

『にゃにゃ～っ！（好きで変化してるんじゃありませんっ！）』

「おっ、猫パンチか？」

『にゃ～～～～っ!!』

からかうキースに向かって手をバタバタさせていたら、さらにからかわれてしまった。

「ティアラ」

『にゃう～（はい）』

キースへの猫パンチが空振《からぶ》りに終わると、アクアスティードがソファの前に膝をついて、くすぐるように額を撫で始めた。

それがまた気持ちいい。とろけてしまいそうだ。

「また可愛い姿になって」

アクアスティードはティアラローズの額を撫でつつ、キースに視線を送る。

この中でティアラローズが再び猫になってしまった説明を求めるなら、魔力にも詳《くわ》しいキースが適任だろうと思ったからだ。

「つっても、俺だって原因はわからないぞ？　確かにティアラの持つ魔力が増えてはいるが……別に、コントロールできないほどじゃない」

ただ、ティアラローズも今までは問題なく魔力コントロールはできていたが、増えた魔力でも同じようにコントロールできるかと言われれば話は別だ。

長年同じだったものが突然変わってしまったら、上手くできなくても不思議ではない。

「つまりは魔力の扱い次第《しだい》ってことだな」

増えた魔力のコントロールが上手くいけば、ティアラローズの意思で人間や猫の姿になることができるのでは？　というのが、キースの考えのようだ。

――つまり、わたくしが頑張って魔法の練習をすれば安定する？

今までお菓子に使うとき以外は、割と勢いで使っていた節もある。

今後も同じやり方で上手くいく保証はどこにもないので、これを機に魔力に関してしっかりコントロールできるようになるべきかもしれない。

そうすれば、子どもに魔力問題が起こった際、ティアラローズも多少であれば対応がしやすくなるはずだ。

『にゃにゃー！（わたくし、頑張ります！）』

「にゃーじゃわかんないって」

キースはティアラローズの様子に笑って、話を続ける。

「とはいっても、元々この魔力は普通の人間がコントロールできるって代物《しろもの》じゃあない。なんたって、星空の王の魔力だからな」

受け止めることはできても、それを意識して使うことは難しい。だから別に、ティアラローズが魔力を上手く扱えなくともなんら不思議はないのだ。

『にゃうぅ……』

「そんなしょんぼりすんなって、そのうち扱えるようになるかもしれないだろ」

『にゃー（楽観的すぎます）』

アクアスティードは、ティアラローズの猫の尻尾が左右に揺れていることに気づく。おそらく、心がもやもやしているのだろう。

横に揺れる尻尾は嫌なこと、ぴーんと立っているときは嬉しい。尻尾で感情がわかるのは、なんだか不思議で面白《おもしろ》い。

普段は笑顔で表面を繕《つくろ》うことができているティアラローズだが、さすがに猫の姿でそれはできないようだ。

――もとはといえば、私が一人で星空の魔力を扱えればこんなことにはならなかった。

ティアラローズが自分を責める必要なんて何一つない。アクアスティードは自身の無力さに、唇《くちびる》を噛《か》みしめた。

『わ〜久しぶりの王都ですね、フェレス！』

「そうだね。マリンフォレストをいろいろ見ていたら、あっという間に数年経ってしまったからね」

はしゃぐリリアージュに、フェレスはくすりと笑う。

しかし本当は、まだ見てみたいところがたくさんある。今回は久しぶりに王都へ寄ってみたけれど、しばらくしたらまた旅をする予定だ。

リリアージュはくんくん鼻を鳴らし、カッと目を見開いた。

『とても美味しそうな甘い匂《にお》いがします！　これは絶対にスイーツ!!』

「そういえば、新しいお店がオープンしたって言う噂《うわさ》を聞いたっけ……」

『行きましょう!!』

ティアラローズの影響《えいきょう》でお菓子大好きになった、リリアージュ・マリンフォレスト。

もふっとした黒色の小動物姿で、ポメラニアンに似ている。頭には小さな角《つの》が生えていて、以前まで王城の地下にいる怪物《かいぶつ》だった。

今は理性を取り戻し、フェレスと一緒にマリンフォレスト内を旅している。

マリンフォレストの初代国王、フェレス・マリンフォレスト。

白金の髪と金色の瞳を持ち、顔はアクアスティードに似ている優しい男性。

王城の地下でずっと過ごしていたけれど、ティアラローズの協力があり自由に動くことができるようになった。

初代星空の王でもあるが、今はその地位をアクアスティードに託《たく》しのんびりしている。

二人が歩いていると、一陣《いちじん》の風が吹《ふ》いてきた。

「見つけた！　まさか、戻ってきていたなんて」

『クレイル！』

「あれ、何か緊急《きんきゅう》の用事？」

のほほんとしたフェレスに、クレイルはやれやれとため息をつく。こちらとしては、本当に緊急事態だというのに。

「そうだよ。ティアラローズが――リリアと同じように、その姿を変えた」

『――っ！』

「――‼」

予想していなかったクレイルの言葉に、リリアージュとフェレスは目を見開いた。そしてすぐ、王城へと向かった。

第三章

星空の王の指輪

マリンフォレストは美しく澄《す》んだ空と、豊かな大地と、生命育む海があり、夜には満天の星を見ることができる。

それもひとえに、空、森、海の妖精王《ようせいおう》と、星空の王がずっとこの地を見守っているからに他ならない。

ティアラローズが猫《ねこ》になってから数日。

どうやら魔力《まりょく》の調子により、猫になったり人間になったりしてしまうようだ。少しなら、魔力の変化で変身してしまうタイミングもわかってきた。

王城にあるティアラローズの自室では、今後のスケジュールが話し合われていた。

「ひとまず、魔力が落ち着くまでは公務はお休みした方がいいですね」

そう言いながら、オリヴィアはレヴィに補佐をしてもらいつつスケジュール調整をしていく。

申し訳ないが、ティアラローズにはしばらく自室で過ごしてもらうしかない。さすがに、王妃《おうひ》が突然《とつぜん》猫になってしまっては説明が大変だからだ。

スイーツ店はティアラローズがいなくても回るようにしてあったので、問題はない。ただ、見に行くことができないのは寂《さび》しいけれど……。

「ごめんなさい、迷惑《めいわく》をかけてしまって。自分の未熟さが悔《くや》しいわ」

「そんなことありませんわ！　わたくしなんて、魔法《まほう》も使えませんもの」

ティアラローズが眉《まゆ》を下げるも、オリヴィアは首を振《ふ》って「大丈夫《だいじょうぶ》ですわ」と微笑《ほほえ》んでくれた。

「これは悪役令嬢《れいじょう》にとっての快挙です！　アイシラ様もご結婚《けっこん》なさるし、ふふっ、わたくしの悪役令嬢としての役目も……本当に終わりですわ」

「オリヴィア様……」

どこか寂しそうなオリヴィアの言葉に、ティアラローズはなんと言えばいいのかわからなくなる。

ティアラローズもオリヴィアも、悪役令嬢だ。

ヒロインであるアカリとアイシラが誰《だれ》と結ばれるのか、どういった行動をとるか――それにより、自身の運命が大きく変わる。

ただ、ティアラローズの場合は続編の攻略《こうりゃく》対象キャラクターであるアクアスティードがイレギュラーな行動をとったこともあって、幸せに暮らしているけれど……。

そしてふと、ティアラローズは続編のエンディング後の悪役令嬢はどうなるのだろうと思う。

悪役令嬢が幸せになるというストーリーは、ほぼないと言っていいだろう。

嫌《いや》な汗《あせ》を浮《う》かべつつ、ティアラローズはオリヴィアを見る。

けれどその顔には不安の色はまったくなくて、どちらかというと幸せそうな表情だ。

「エンディング後の悪役令嬢は、どういった結末なんですか？　今のオリヴィア様を見ていると、悪いようにならないのはわかりますが……」

「わたくしとしては、国外追放がよかったのだけれど……」

「オリヴィア様⁉」

まさか国外追放がいいと言われるとは思わずに、ティアラローズは焦《あせ》る。

オリヴィアは断罪されるようなことをしていないし、そもそも国外追放されたいと言う人がいるとは思わなかった。

「アクアスティード陛下《へいか》のルートではないので、わたくしはほとんど影響《えいきょう》ありませんわ」

「ああ、オリヴィア様は元々アクアの婚約者《こんやくしゃ》という立ち位置でしたものね」

「ええ。なので、アイシラ様がアクアスティード陛下以外の人を選んだ場合は、そのまま結婚するというのがゲームの流れでしたわね」

その流れ通りになっていないのは、幼少期のオリヴィアがアクアスティードを見ると尊くて鼻血が止まらなくなってしまったためだが——ここでは割愛《かつあい》する。

アイシラがカイルと結ばれゲームが終わっても、オリヴィアに影響がないことを知ってティアラローズはほっと胸を撫《な》でおろした。

さて、紅茶を淹《い》れ直してゆっくりしましょう——というところで、ティアラローズの姿が人間から猫に変化した。

白くてふわふわの、ペルシャに似た愛らしい猫だ。首元にはルチアローズからもらったリボンに二つの指輪をつけている。

一日に数度変身することもあるので、身近にドレスを用意したり、誰かと顔を合わせるのは最低限にしている。

「はあぁ、可愛《かわい》いですティアラローズ様！」

『にゃぅ……（あはは……）』

すかさずオリヴィアに抱《だ》っこされて、猫になったティアラローズは苦笑《くしょう》する。

アクアスティードたちも色々調べてくれてはいるのだが、ティアラローズが人間に戻ったり猫になったりを繰《く》り返《かえ》すのはいまだ続いたままだ。

まあ、そのために今しがたスケジュール調整をしたばかりなのだが。

「どうせなら、悪役令嬢繋《つな》がりでわたくしも変身できたら……」

『にゃう？（オリヴィア様も猫になりたいのかしら？）』

「もし鳥になれたら、クレイル様の神殿《しんでん》まで飛んでいけるかもしれませんもの！　さすがに上空にある神殿は行く手段がなくて……」

行ってみたいとオリヴィアの顔に書いてある。

もちろんキースの城や、海の底にあるパールの宮にも行きたいとオリヴィアは鼻息を荒《あら》くしている。

——オリヴィア様は、とてもポジティブね。

自分もそんな風に考えて過ごした方がいいのだろうかと、ティアラローズは思う。

猫になれば人間のときより遠慮《えんりょ》なくアクアスティードに甘えられる気がするし、いつもより速く駆《か》けることだってできるだろう。王城内で陽当《ひあ》たりのいい場所を見つけて、日向《ひなた》ぼっこをするのも楽しいかもしれない。

そう考えると、たまに猫になるのも悪くはない——なんてことを、思《おも》い描《えが》いてしまった。

王城の庭園にある高い木に登ったフェレスとリリアージュは、窓からこっそりティアラローズの部屋を覗《のぞ》いていた。

クレイルに今の状況《じょうきょう》を聞き、まずは遠目から現状を確認《かくにん》することにした。ティアラローズは心配をかけまいと事情を隠《かく》してしまうかもしれないからだ。

『あの白い猫がティアラですね』

可愛くて抱きしめたい！　リリアージュはそう思ったのだが、すぐに『いけない！』と首を振った。

「いけないの？」

『い、いけません！　だってフェレス、あの状態は……わたしと同じ……だったとしたら……』

どんどんリリアージュの声が小さくなっていく。

もし、あのティアラローズの状態が自分と同じであるならば――強大な星空の力を受け止め切れず、自分と同じ〝怪物《かいぶつ》〟になってしまったのかもしれない。

落ち着いているように見えるけれど、リリアージュにその判断はできないので不安が募《つの》っていく。

リリアージュとフェレスのことを救ってくれたティアラローズ。

怪物になんてなってほしくはない。

もしティアラローズを助ける道があるならば、自分はどんなことでもしてみせようとリリアージュは思う。

『フェレスなら、ティアラが姿を変えてしまった理由がわかりますか？』

「確かに私は初代の王で、怪物となったリリアージュと共にずっと王城の地下にいた。確かに物知りだけど、なんでも知っているわけではない」

『…………』

フェレスの言葉に、リリアージュはひどく落ち込む。

この人であれば、自分が知り得ないことを、これならこうすればいいのだと、あっという間に解決してしまう……そんな信頼《しんらい》のようなものがあった。

瞳《ひとみ》を揺《ゆ》らすリリアージュに、フェレスは優《やさ》しく微笑んだ。

「──でも、あの指輪は大丈夫だよ」

『本当に……？』

「ティアラローズは魔力を受け止め切れなくて姿が変わってしまっただけで、その本質は何も変わってはいないから」

単に溢《あふ》れた魔力を処理しきれずに、その姿が変わってしまっただけなのだとフェレスが説明してくれた。

だから指輪をしているティアラローズは、リリアージュのときのように自我《じが》を失い、巨《きょ》大《だい》な怪物になってしまうことはない。

『つまり、星空の王の指輪を身につけている限り大丈夫……ということですね』

「うん。あの指輪はそのために作られているからね」

本来であれば、星空の王の指輪一つで星空の力を受け止めなければならない。この場合は制御《せいぎょ》が難しく、リリアージュのように怪物になってしまうことがある。

でも、星空の王の指輪だけではない。

アクアスティードの左手の薬指には、悪役令嬢の指輪がはめてある。ティアラローズの力が込《こ》められているこの指輪があるおかげで、魔力が溢れこそするものの、制御不能になり怪物になってしまう……という事態を上手《うま》くふせいでいるのだ。

だからティアラローズは大丈夫なのだ。

とはいえ――このままだと、不自由なことに変わりはない。人間と猫、姿の変わるタイミングがわかるわけではないのだから。

リリアージュは深く息をはいて、安堵《あんど》する。

体の力を抜《ぬ》ききると、フェレスにぎゅっと抱きついた。ひとまず、リリアージュの想定していた最悪がなかったからよしとしよう。

けれど、この問題は先送りにしていいものではない。

――この機会に、わたしもティアラと一緒《いっしょ》に魔力の勉強をした方がいいかもしれません。

「こんなところにいたんですか、フェレス殿下《でんか》、リリアージュ様」

「アクア、久しぶりだね」

『アクア！　大きくなりましたね！』

「……そちらもお変わりないようで、何よりです」

アクアスティードはため息をつきたいのをこらえつつ、フェレスとリリアージュに挨拶《あいさつ》する。

クレイルから二人の居場所を聞いて探していたのだが、まさかティアラローズを盗み見《ぬすみみ》しているとは思わなかった。

「お二人には、早急《さっきゅう》にお聞きしたいことがあります」

『ティアラの変化のことですね』

「そうです」

リリアージュは『わかっています』と言い、フェレスの腕《うで》から飛び降りて木の下にいるアクアスティードに受け止めてもらう。

それにフェレスが「あ……っ」と眉を下げつつ、自分も飛び降りてすぐにリリアージュを抱き上げた。

『そのことについては、今しがたフェレスに教えてもらいました。ティアラには星空の王の指輪があるので、わたしのようにはなりません』

だから安心してくださいと、リリアージュは微笑む。

「とはいえ、魔力の扱《あつか》いはもう少しできるようになった方がいい。もしくは、有り余る魔力を別の何かに移すか……だね。そうすれば、むやみに猫になることもなくなるはずだよ」

「なるほど……ありがとうございます。安心しました」

フェレスが提示した条件二つ、そのうちの一つ——魔力を別に移すということは難しいだろう。

今まで子どもが持つ大量の魔力の行き場に苦労してきて、結局いい方法は見つからなかったのだ。

現実的に考えて、ティアラローズが魔力の扱いを覚えた方がいい。幸い、魔法が得意な人物は多い。もちろん、アクアスティードも含《ふく》めて。

――ティアラは魔力をお菓子《かし》作りに使っているから、扱い自体が下手《へた》なわけじゃない。単純に、大量の魔力を扱うことに慣れていないだけだ。

アクアスティードは自分のスケジュールを思い浮かべつつ、妖精王にも協力を頼《たの》んだ方がよさそうだと考える。

キースもティアラローズは魔力の扱いを覚えるべきだと言っていたので、きっと協力してくれるだろう。


『にゃにゃにゃっ⁉（フェレス殿下に、リリア様⁉）』

アクアスティードと共にやってきたフェレスとリリアージュを見て、ティアラローズは驚《おどろ》いて声をあげてしまった。

慌《あわ》てて猫の姿のままお辞儀《じぎ》をすると、『大丈夫ですよ』とリリアージュが微笑む。

『久しぶりですね、ティアラ、オリヴィア』

「しばらくマリンフォレストを回っていたら、すっかり顔を見せるのが遅《おそ》くなってしまったね」

『にゃぁ（いえ、そんな……）』

「お久しぶりでございます。フェレス殿下、リリアージュ様」

オリヴィアもすぐに挨拶をし、レヴィにお茶の用意をさせる。

リリアージュはティアラローズが座るソファへぴょんっと飛び乗ると、その頬《ほお》をすり寄せた。

『わぁ、ふわふわです～！』

『にゃにゃ～っ（それを言うなら、リリア様の方が……！）』

お互《たが》いがもふもふなので、すり寄ったときのもふもふと温かさも二倍に感じてとても気持ちがいい。

――仲良しの動物が一緒に寝《ね》ている気持ちがわかる気がするわ！

ティアラローズからもすり寄って、二人で微笑みあう。

それを後ろで見ている旦那《だんな》様方は、なんとも微笑ましい気持ちになっていた。自分の妻が可愛いと思っているのは、簡単に見て取れる。

これは画家を呼んで記録に残しておいた方がいいのでは――と、二人が互いの温かさから仲良く寝入ってしまったときに思ったのだった。

ティアラローズの自室にて。ソファには、今は人間の姿のティアラローズとリリアージュが座っている。

日に日に増え続ける星空の王の魔力を制御するために、ティアラローズは魔法の勉強に力を入れることになった。

初日の講師に名乗り出たのは、アクアスティードとキースだ。

「ばっか、魔法の扱いと言ったら千年以上生きてる俺の方が適任だろ！」

「私はクレイルに教えてもらったので魔法の扱いは得意ですし、何よりティアラのことをよくわかっていますから」

どちらが講師役を務めるか火花を散らしている。

ティアラローズとしてはそんな些細《ささい》なことで喧嘩《けんか》をしないでほしいのだが、隣《となり》にいるリリアージュは楽しそうに笑う。

『ふふっ、キースも丸くなりましたね。とっても楽しそうです』

「……そうですね」

リリアージュの言葉に、確かに楽しそうだとティアラローズは同意する。

出会った当初は本気で仲が悪かったので、今こうして互いが認め合っているということはティアラローズにとっても嬉《うれ》しい。

さてどうなることやらと見ていると、アクアスティードとキースがこちらにやってきた。

「今回はそれぞれで教えることにした」

「俺とアクア、どっちがわかりやすかったか選べ」

「えぇぇっ、わたくしがですか⁉」

まさか自分で選ぶことになるとは思ってもみなかった。

ティアラローズとしては、いろいろな視点から教えてもらいたいので二人一緒に教えてもらえると嬉しいのだけれど……どうやらそれは許してもらえないようだ。

苦笑しながら、ティアラローズは「わかりました」と頷《うなず》いた。

「ということで、まずは講師のアクアスティード先生ですわ！」

オリヴィアとレヴィが「やるならきっちり！」と、アクアスティードとキースの衣装《いしょう》まで用意していた。

二人とも慣れない服装のせいか、落ち着かないようだ。

「なんというか、新鮮《しんせん》な感じだ」

アクアスティードは学者のようなきっちりした黒を基調とした服に身を包み、珊瑚《さんご》で装《そう》飾《しょく》されたチェーン付きの眼鏡《めがね》をかけている。

厳しい数学の教師、といった印象を与えるかもしれない。


そして次に、オリヴィアがキースを見る。

「そして講師のキース先生には、白衣を用意いたしました！」


イメージとしては、化学の先生……ということらしい。確かに森の妖精王なので、白然科学などはキースにピッタリだろう。

ラフな感じは普段《ふだん》と変わらないけれど、白衣がキースをより知的に見せる。


「わー、すごい」

『二人とも素敵《すてき》です』

ティアラローズとリリアージュは思わず拍手《はくしゅ》をして、普段目にすることのない装《よそお》いの二人に頰を緩《ゆる》める。こんな先生がいたら、きっと学校も楽しいだろう。

オリヴィアは誇《ほこ》らしげな顔をしているが、すでに興奮しすぎてハンカチを何枚か替《か》えている。

「それじゃあ、まずは私から」

「はっ、はいっ！」

教師のアクアスティードが隣に座り、変にドキドキしてしまう。

――いつもと服装が違《ちが》うだけで、こんなにも落ち着かないなんて。

「大丈夫だよ、ティアラ。まずは落ち着いて。難しいことは、何もないから」

「はい」

アクアスティードの言葉に深呼吸して、ティアラローズは心を落ち着かせる。今までもお菓子を作るときに魔法は使ってきたのだから、基礎《きそ》くらいはできているはずだ。

「小さい魔力のコントロールなら、お菓子作りでも慣れているだろうけど……今日やってみるのは、大きな魔力の扱いだ」

これを制御できるようになれば、ティアラローズが猫になったりすることも防げるだろう。

ただ、かなり難しい。

アクアスティードのように生まれ持ったセンスや才能があれば別かもしれないが、ティアラローズは元々そこまで魔法が得意というわけではない。

――ちゃんとできるかしら。

不安になりつつも、とりあえずやってみなければ始まらない。

目標は、魔力を暴走させないこと……だろうか。

まずは、アクアスティードと手を繋いで自分の中の魔力を確認するところから。

ティアラローズは普段、魔力を意識するということをしない。しかしアクアスティード曰《いわ》く、戦いに慣れている人は日常的に意識しているらしいし、鍛錬《たんれん》の際にもそういったことをするのだという。

ティアラローズは静かに目を閉じて、意識を集中させる。

感覚としては、魔法を使うように。けれど実際に使うわけではない。そのため、なかなか難しいなと思う。

――自分の中にある魔力。

生まれ持った自身のもの。そしてキースとパールからの祝福もティアラローズの中で確かな力になっている。

「ティアラ、ゆっくり深呼吸」

「――！　はい」

集中するあまり息をするのを忘れていた。ふうと大きく息をはいて、もう一度集中し直す。

すると、自分の中に大きな魔力があることに気づく。

――これが、星空の魔力？

いつも自分が使う魔力とは桁違《けたちが》いに大きくて、確かにこれを意識してコントロールするのは大変だとティアラローズは思う。

――というか、できるのかしら？

この魔力を普段から扱っているアクアスティードたちは、すごいとしか言いようがない。

「魔力を感じました、アクア」

「うん。なら、それを自分の中に留《とど》めるイメージをしてみようか」

「はい！」

ティアラローズが一気に集中力を高め、自分の中にある星空の魔力をコントロールしようとした瞬間《しゅんかん》――バァン！　と、扉《とびら》が開いた。


「ティアラ様～！　遊びにきましたよ～！」


『にゃぁっ!?（アカリ様!?）』

突然やってきたアカリに驚いて、ティアラローズは魔力に向けていた集中が切れ猫になってしまった。これればかりは、アカリを恨《うら》む。

猫になったティアラローズはドレスに埋《う》もれながら、アカリを見上げる。

「あれ……っ⁉　今、ティアラ様がいたような気がしたんですけど……って、アクア様すっごく格好良いですね！」

きょろきょろ部屋の中を見回しつつも、アカリはすぐにアクアスティードの服装に目を光らせる。

「しかもキースは白衣⁉　え、待って何このイベント！　私知らないんだけど‼」

めちゃくちゃにテンションを上げるアカリは止まる気配がなく、全員が頭を抱《かか》えたくなり——しかし、「あー」という声で視線を下げる。

見ると、アカリの後ろ……ドレスに隠れるようにして、小さな男の子がいた。

「そうだった、今日は息子《むすこ》と一緒に来たんですよ！　ハルカ、ご挨拶して！」

「あぅ」

アカリのドレスの後ろに体を隠して、顔だけをちょこんと覗かせている。

「えらいでちゅね〜！」

このゲームの初代ヒロイン、アカリ・ラピスラズリ・ラクトムート。

黒いストレートロングの髪《かみ》と、黒の瞳。日本人の彼女はこの世界に転移し、ゲームのヒロインとしていろいろありつつもハルトナイツと結ばれた。

見てわかる通りテンションおばけのような彼女は、常に自分が好きなように行動する。

けれど、その行動力に救われることもしばしば。

今ではティアラローズの親友だ。


そしてその息子、ハルカ・ラピスラズリ・ラクトムート。

ゆるいウェーブのかかった髪は母親ゆずりの黒色で、瞳は父親ゆずりの宝石のような青色。アカリとハルトナイツの第一子で、二歳になったばかりだ。

両親と違って人見知りのようで、アカリのドレスの後ろに隠れている。


「アカリ嬢《じょう》、来るなら来るで連絡《れんらく》をしてくれ。騎士《きし》たちも困っているではないか……」

扉の所を見ると、見張りの騎士と案内をしたメイドが顔面蒼白《そうはく》になっている。

「すみませんアクア様。驚かせようと思って！」

「そんなサプライズはいらない……」

アクアスティードは疲《つか》れた様子でアカリに注意しつつ、挨拶を交《か》わす。

それから部屋にいるほかのメンバー、キース、オリヴィア、レヴィ、リリアージュも挨拶し、久しぶりの再会を喜んだ。

ティアラローズが最後にアカリと会ったのは、ハルカが生まれたときなので二年ほど前になる。

「それで、ハルトナイツ殿下は？」

「ラピスラズリのお仕事があるので、残念ながら私たちだけです」

「……そうか」

子どもが生まれても、相変わらず自由にやっているようだ。今《いま》ごろハルトナイツは一人で胃を痛めているか、はたまた一人の時間を楽しんでいるのか……。

「きゃー、オリヴィア様も久しぶりです！　会いたかったぁ！」

アカリがオリヴィアに抱き着くと、「わたくしもですわ！」とオリヴィアが笑う。そしてしゃがんで、ハルカにも挨拶をしようとしてハンカチを赤で濡《ぬ》らしている。

「――っ⁉」

「あぁあぁ、ごめんなさいわたくしったら！」

一瞬《いっしゅん》で赤に染まったハンカチを見て、ハルカが声を立てずに泣いている。よほど怖《こわ》かったのだろう。

そんな反応が新鮮だなと思ってしまったオリヴィアは、そっと顔を逸《そ》らして反省した。

「大丈夫よ、ハルカ。ふふっ、オリヴィア様に気に入ってもらえたわね」

「アカリ様……」

アカリはハルカを抱き上げて、改めて首を傾《かし》げる。

「それで、アクア様とキースはなんのイベントですか？」

「…………」

アカリの問いに、全員がさてどうしたものかと頭の中で考えてしまった。

事情を伝えるとややこしくなりそうだなとか、そんなことを思ってしまったわけだ。とはいえ、さすがに黙《だま》っているわけにはいかないだろう。

アクアスティードが口を開こうとしたら、タイミングがいいのか悪いのか、ティアラローズが猫から人間に戻《もど》ってしまった。完全に人間の姿に戻る前に、アクアスティードが自分の服を羽織らせる。

「あ」

その場にいた全員の声が、ハモった。

「えっ、可愛い猫ちゃんがティアラ様になった！　てっきりリリア様のお友達の猫ちゃんだと思って、あとで抱っこしたいな～とか思っていたら！　まさかの！　ティアラ様‼」

アカリのテンションがさらに上がったのを見て、ティアラローズはアクアスティードと顔を見合わせ苦笑する。

「……事情をお話しいたします」

テーブルに並べられたスイーツと、紅茶の香り。

一息ついて落ち着いたころには、一通りの説明が終わった。

膝《ひざ》の上ですやすや眠《ねむ》るハルカの頭を撫でながら、アカリはわくわくと瞳を輝《かがや》かせている。

ティアラローズはそんなアカリを見て、やはりこうなったかと笑う。

「……それで、魔力を安定させられないかと考えて練習をしているところだったの」

「そうだったんですね」

アカリは「なるほど～！」と頷いた。

「でも、猫になれるなんて羨《うらや》ましいです！　私も猫になりたいなぁ」

「アカリ様、そう簡単な問題ではないんですよ……」

「それはまあ、わかってますけど……。でも、憧《あこが》れちゃいますよ。猫になって、好きな人に飼ってもらうのも楽しくないですか？」

まるで漫画《まんが》のようなことを言うけれど、実際そうなりかけてしまったのでティアラローズとしては笑えない。

――でも、アカリ様が猫になったら大変そうね。

アカリが猫だったら、本当の本当に自由気ままに過ごすだろう。

人間の通れない道を歩いてみたり、気のすむまで日向ぼっこを楽しんだり、夜は猫の集会があるからとベッドを抜け出したり。

アカリ以外の人間は振り回されて大変だ。

「それなら、私も協力します！　これでも魔法は得意ですからね！」

ぐっと拳《こぶし》を握《にぎ》るアカリに、ティアラローズは微笑んだ。

「んんんん～～、はあぁ……駄目《だめ》だわ」

ティアラローズが大きく息をはいて、がくりと項垂《うなだ》れる。その横には白衣姿のキースが立ち、こちらは肩《かた》をすくめた。

何が駄目かというと、ティアラローズの魔力の制御だ。これがどうも、なかなか上手くいっていないのだ。

小さな魔力であれば問題なくコントロールできるのだが、大きくなると途端《とたん》に難しくなる。

アクアスティードとキースの二人に教えてもらってはみたものの、どちらも駄目だった。

「お母さま、元気出して！」

「ルチア……ありがとう」

ティアラローズはルチアローズをぎゅっと抱きしめて、子どもの手本となるためにも頑《がん》張《ば》らねば！　と思う。

——とはいえ、難しいものは難しいのよね。

魔力の扱いに関しては、おそらくルチアローズの方が上手《じょうず》だろう。というのも、生まれる前から大きな魔力と共にあったからだ。

ティアラローズの場合は、成長したあとに大きな魔力を受け入れた。受け入れるだけならいいが、扱うとなると話は別なわけで。

「ん～、同時に何かほかの手も考えた方がいいかもしれないな」

「そうね」

キースの言葉に同意しながら、はてさてどうしたものかと頭を悩《なや》ませる。

「ま、今はリリアもいることだし……星空の魔力との付き合い方でも聞いてみればいいさ」

「そうね。ゆっくり……とはいかないけれど、いろいろ考えてみるわ」

カリカリとペンの走る音と、時折こぼれるため息。

けれど書類の処理はいつもと変わらぬ早さで進むのだから、さすがとしかいいようがない。

「少し休まれたらいかがですか、アクアスティード様」

「……いや、いや……そうだな」

側近――エリオットの言葉に頷き、アクアスティードは立ち上がって背伸《せの》びをした。

こうも気分が乗らないのは、ティアラローズの魔法の練習に原因がある。なかなか上手くいっておらず、アクアスティードは自分の不甲斐《ふがい》なさを痛感していた。

もっと上手く教えることができれば、と。

エリオットが紅茶を用意してくれたので、一息つくことにする。

「そういえば本日は、女子会をなさるのだとか？」

「アカリ嬢の提案らしい。そういえば、フィリーネは来られるのか？」

確か、ティアラローズがアカリにもらった招待状の中にフィリーネの名前もあったはずだとアクアスティードは思い出す。

「はい。私が帰宅してから登城すると言っていましたよ。そのときに、ティアラローズ様の事情も説明しておきますね」

「ああ、頼む。……今日は早く仕事を終わらせないとな」

「助かります」

エリオットは残りの仕事量を確認し、問題なく終わりそうなことに安堵する。

屋敷《やしき》にメイドたちはいるけれど、メインで子守《こも》りをしているのはフィリーネだ。エリオットは、こういった機会はゆっくり羽を伸ばしてほしいと思っている。

「しかし、一度泣き出すとなかなか泣《な》き止《や》んでくれないんですよね……。フィリーネだとすぐ泣き止むのですが、私だとなかなか……」

身体《からだ》が硬《かた》いからいけないのでしょうか？　と、エリオットは遠い目をしている。どうやら、子どもに泣かれるのは苦手らしい。

「まあ、母親といる時間の方がどうしても長くなるから、ある程度は仕方がないんだろうな……。もちろん、私たち父親としては寂しいけどね」

アクアスティードの答えに、エリオットも全力で頷く。

そして自分が赤《あか》ん坊《ぼう》のころもそうだったのだろうか……と考えるが、さすがにそのころのことは覚えてはいない。

「私たちではなかなか母親には敵《かな》わないな」

「そうなんですよね。ついつい、お土産《みやげ》で子どもの気を引こうとしてしまいます……」

なのでコーラルシア邸《てい》は子どものおもちゃで溢れかえっている。

まあ、それはアクアスティードたちも否定はできない。子どもにはなんでも買ってあげたいと思ってしまうし、定期的にラピスラズリの祖父母からおもちゃが届く。

紅茶を飲み干したアクアスティードは、「よし」と立ち上がる。

「フィリーネが早く来られるように、仕事を片付けてしまおうか」

「はい」

アカリが急遽《きゅうきょ》企画《きかく》した夜の女子会は、夕方から行われた。

参加メンバーは、ティアラローズ、アカリ、オリヴィア、フィリーネ、リリアージュ。それからルチアローズとハルカだ。

用意したお揃《そろ》いのネグリジェは、ティアラローズが水色、アカリがピンク、オリヴィアが白、フィリーネがクリーム色。リリアージュは首に大きなリボンを巻いている。ルチアローズはリボンのネグリジェに身を包み、「可愛い！」とにこにこ顔だ。ハルカはルチアローズの横ですやすや夢の中。

ティアラローズがルチアローズにもらったリボンは髪に結んであり、指輪はいつも通り左手の薬指にはめている。


ベッドの上にはスイーツと果実水が並んでいる。

スイーツは妖精の砂糖菓子で出しているもので、どれも見た目が華《はな》やかで味もティアラローズのお墨付《すみつ》きだ。

「女子会も久しぶりですね〜！」

テンションの高いアカリが、近況《きんきょう》を聞いてくる。

この数年でそれぞれ子どもが生まれ、生活はかなり変わったと言っていいだろう。オリヴィアも、ティアラローズの侍女《じじょ》として毎日楽しく過ごしている。

「アカリ様とハルカ君の話も聞かせてくださいませ」

ティアラローズはアカリに話を振って、どんな様子かを尋《たず》ねる。

「ハルトナイツ様が、とってもいいパパをしてくれてるんですよ！　面倒《めんどう》もよく見てくれるし、ご飯も食べさせてくれてお風呂《ふろ》も！」

「へぇぇぇ」

全員が意外だと思ってしまったのは、口に出さない方がいいだろうか。

アカリ曰く、ハルトナイツ一人ですべてのお世話をこなせるほどになっているのだという。なので、アカリの方が公務が入っていることが多い日もあるのだとか。

「ハルトナイツ殿下が主夫ですわね」

「そうなんですよ～！　なのでこれを機に、働く女性が増えてもいいなって思うんです」

この世界は男が働き女は家を守る、という風潮が強い。

なのでアカリはその概念《がいねん》を吹《ふ》っ飛《と》ばせたらいいなと思いながら、ラピスラズリで公務をしているのだと言う。

「アカリ様がすごくまともなことを言っているわ……」

からねっ！」

「ティアラ様、私をなんだと思っているんですか！　これでもいろいろ考えているんです

「ごめんなさいアカリ様、つい……」

ティアラローズは謝りながら、「とても素晴《すば》らしいです」と微笑む。

「ハルトナイツ殿下の協力がないとできないことですからね」

「そうですね。ハルトナイツ様ったら、私がハルカをあやしてると慌てて「私が抱く！」って言うんですよ～！　可愛いですよね！」

「………………」

もしや、アカリの子育てに不安があるからハルトナイツが率先《そっせん》してやっているのでは？と思ってしまったけれど、考えなかったことにした。

アカリはベッドの上をくるりと転がって、隣にいたオリヴィアに突撃《とつげき》する。

「オリヴィア様はどうなんですか？　結婚しないんですか？」

「わたくしですか？」

「アイシラ様はカイルと結婚って、聞きましたよ！　そうしたら、次はやっぱり悪役令嬢が幸せになる番じゃないですか？」

それにオリヴィアももう二十六歳なので、結婚してもおかしくない年だ。

「まあ、私だって無理にとは言いませんよ？　オリヴィア様が幸せになるのが一番ですか

ら！」

「ありがとうございます、アカリ様。ひとまず……今の生活が楽しいので、しばらく結婚はいいかもしれません。聖地巡礼《じゅんれい》だってしたいですし……」

「オリヴィア様らしいですね」

下手に結婚してしまっては、聖地巡礼ができなくなってしまう。

近場なら問題ないだろうけれど、ラピスラズリとなると長期不在になってしまう。そうすると、結婚相手はあまりよく思わないかもしれない。

――レヴィはどうなのかしら？

と、ティアラローズは考えてしまう。

オリヴィアにとってよき理解者であり、きっとこの世界で一番オリヴィアのことを考えている人物。

とはいえ二人には身分の壁《かべ》があるので、難しい。

オリヴィアが結婚するなら伯爵《はくしゃく》あたりの次男と言っていたのをティアラローズは聞いている。

アカリがにやりと笑って、フィリーネを見る。

「――っ⁉」

思わず身構えてしまったフィリーネは、「なんでしょう……？」とわずかに後ずさる。

「いやぁ、エリオットとの結婚生活はどうなのかな……って」

アカリ的に、ゲームのメインキャラクターたちの暮らしぶりは気になって仕方がないようだ。

それはティアラローズとオリヴィアも同じ思いなので、アカリを止めなければと思う反面どうしても聞き耳を立ててしまう。

「結婚生活……ですか……。特に変わりはないと思いますけど……」

何か話すことはあっただろうかと、フィリーネは家でのことを思い浮かべる。

夫であるエリオットはアクアスティードの側近ということもあり、仕事の時間が不規則になることが多い。

たまに帰れないこともあるけれど、結婚してからは可能な限り帰宅してくれていることはわかる。フィリーネと家族のことを、とても大切にしてくれている。

「ああでも、しょっちゅうおもちゃを買ってくるのは、どうにかしてほしいかもしれません」

部屋が子どものおもちゃで溢れかえってしまいそうだと、フィリーネは苦笑する。

「子どもに甘々なパパさんですね～！」

エリオットらしいと、アカリは笑う。

『みなさんの話を聞いているだけで、とっても楽しいですね』

今まで聞いているだけだったリリアージュが微笑んで、『いつまでも聞いていたいです』と感想を述べた。

「リリア様はマリンフォレストを巡《めぐ》っていらしたんですよね⁉　わたくしもマリンフォレストを隅々《すみずみ》まで歩きまわりたいですわ……！」

『それは嬉しいです！　街や村はほとんど見て回ったと思いますよ。どこに行っても活気があって、ご飯も美味《おい》しくて、楽しかったです』

「あああ〜行きたいですわ！」

マリンフォレスト国内も、ラピスラズリ王国も、それ以外の国もこの世界のすべてに行きたい！　と、オリヴィアは瞳を輝かせる。

確かにこれでは結婚どころではないかもしれない。

ティアラローズがくすりと笑うと、「お母さま〜」と寝転《ねころ》んでいる背中にルチアローズがのしかかってきた。

ルチアローズは唇《くちびる》を尖《とが》らせていて、どこかつまらなさそうだ。

「あら、退屈《たいくつ》だったわね」

「んーん！　……あ！　お母さまの指輪、キラキラしてて可愛い！」

「え？」

ティアラローズの指輪がランプの明かりを反射していつもより輝いていたので、ルチアローズはそれに目を奪《うば》われてしまったようだ。

騎士になるとは言いつつも、やはり女の子だけあって綺麗《きれい》なものも好きなのだろう。

「将来、ルチアに指輪を贈《おく》ってくれる素敵な人が現れるわ」

ティアラローズがそう言うと、「ほんとー？」とルチアローズがへらりと頬を緩める。

「ならいっそ、ハルカに贈らせるわ！」

「アカリ様‼」

またなんてことを言いだすのだと、ティアラローズが慌てて声をあげる。

アカリは「冗談《じょうだん》ですよ☆」と言っているけれど、どこまで本気かわからない。いや、かなり本気だったに違いない。


「お母さま、つけてみたい～！」


「え？」

ふいにルチアローズがティアラローズの薬指に手をのばし、星空の王の指輪を抜き取って自分の指につけてしまった。

「――あ」

そこにいた全員の声が重なって、その視線が指輪に向けられる。

そして瞬間、ティアラローズの体が猫に――。

『うにゃあぁっ』

低く唸《うな》るようなティアラローズの声に緊張《きんちょう》が走り、リリアージュが叫んだ。

『いけません、早く指輪を！　このままでは怪物になってしまいます!!』


ドゴォン――と大きな音がして、自室で読書をしていたアクアスティードは慌てて立ち上がる。

発生場所は、ちょうど階下だ。しかも何やらミシミシと床《ゆか》が不穏《ふおん》な音を立てている。

そこは今、ティアラローズたちが集まって女子会をしている部屋だ。

「ティアラ⁉」

廊下《ろうか》へ出て階段を下りていては遅いと、アクアスティードは窓からバルコニーへ出てそのまま真下の部屋のバルコニーに下りる。

乱暴だが、この方法が一番速い。

アクアスティードが階下のバルコニーに降り立ち一番に目にしたものは、部屋にみっちり詰《つ》まった毛玉と……それに押しつぶされかかっているアカリたちだった。

「これは……」

『うにゃにゃぁっ』

「……っ、ティアラか⁉」

みっちり詰まっていた毛玉は、巨大化した猫――ティアラローズだった。

愛らしい白猫だったティアラローズは、その体の大きさが数倍――いや、数十倍ほどまで大きくなっている。

リリアージュのように角《つの》が生えているというわけではないが。その見た目の凶暴《きょうぼう》さは増している。

ついに恐《おそ》れていたことが起きてしまったと、アクアスティードは息を呑《の》む。

もっと自分が気をつけていれば、いや、もっと星空の王の力を受け入れる器《うつわ》があればこんなことにはならなかったはずだ。

自分の力のなさに、唇を噛《か》みしめる。

――今は、ティアラを助けることが先決だ。

しかし攻撃《こうげき》することはできないし、元に戻す方法もアクアスティードにはわからない。

どうしたものかと悩んでいると、アカリが「アクア様～！」と叫《さけ》んだ。

「アカリ嬢？」

見ると、部屋の隅っこにちょうど死角のスペースがあり、そこにみんなで避難《ひなん》したようだ。護衛にはレヴィがついていて、安全を死守している。

アカリはぽいっと、アクアスティードに向けて何かを投げた。

「これをっ！」

「――っ、星空の王の指輪!?」

「諸事情により外れちゃったんですっ！　ティアラ様をお願いします！」

「……わかった」

ティアラローズがいきなりこうなった可能性はなんなのかと考えていたが、星空の王の指輪が外れたことが原因だったようだ。

猫になったときも外れてはいたけれど、そのときと今回では恐らく外れ方が違ったのだろう。

この指輪は星空の王の魔力を受け入れる安全装置の役割もある。

そのため魔力のコントロールが上手くいかずとも、星空の王の指輪さえあればティアラローズは猫になっても自我を失うことはなかった。

――どうにかして指輪をつけなければ。

「ティアラ――？」

しかしふと、気付く。

巨大化したティアラローズは、低い唸り声を発してはいるけれど、こちらに一切《いっさい》攻撃をしかけてきていない。

――体が、震《ふる》えている。

『うみゃ、みゃみゃぁ……っ』

「耐《た》えているの、か――」

大切なものを守りたいという一心が、ティアラローズに怪物の一線を越《こ》えさせなかったようだ。

今はただ、震える大きな猫。

アクアスティードは周囲の様子を見て、全員が避難したことを確認する。

警備のため扉の前に控《ひか》えていたタルモと、レヴィが迅速《じんそく》な対応をしてくれたようだ。そのことに安堵する。

ゆっくりティアラローズに近づき、アクアスティードはその名前を呼ぶ。

「ティアラ」

『みゃううぅ』

唸り声だけれど、ちゃんと応《こた》えてくれた。

「姿が変わっても、ティアラは私の可愛いティアラのままだね」

アクアスティードはティアラローズに触《ふ》れて、自分の顔をうずめる。もふもふの毛が温かくて、こんな状況だというのになんだか幸せな気持ちになる。

しかし次の瞬間、ティアラローズの尻尾《しっぽ》が勢いよくうねった。ティアラローズは気力で抑《おさ》えていたけれど、限界が近づいてきたのだ。

アクアスティードは体を低くして尻尾を避《さ》けて、後ろへ跳《と》ぶ。

──誰かが傷一つでもつけたら、ティアラは自分を責める。

だから絶対に怪我《けが》をしてはいけないと、アクアスティードは気を引《ひ》き締《し》める。ティアラローズのためならば、どんなことでもできる。

「とはいったものの……どうするか」

こんなに大きな猫の相手はしたことがない。

猫じゃらしに反応してくれるのであれば可愛いものだけれど。

「ティアラ」

試《ため》しに名前を呼んでみると、耳がぴくりと反応した。

──私の声はちゃんと聞こえている、のか？

だとしたら、この状況はティアラローズにとってとても辛《つら》いものだろう。意思と体が一《いっ》致《ち》していないのだから。

再び勢いよくうねる尻尾を避けて、アクアスティードはティアラローズの懐《ふところ》に入り込む。そして首元に抱きついて、そっと声をかける。

「もう一度、指輪を贈らせてくれないか？」

やはりこの指輪は、ティアラローズの指になければ落ち着かない。

アクアスティードの声に反応したからか、一瞬動きが止まる。その隙《すき》に左前脚《まえあし》を手に取って、指輪を触れさせると――ぽんっと、人間の姿に戻った。

生まれたままの姿のティアラローズはとても可愛らしくて、けれど人目に触れたら大変と、アクアスティードは自身のマントで隠すようにしながらティアラローズを抱きしめる。

「あ、あ、あ……あくあっ」

「もう大丈夫だよ、ティアラ。不安にさせてすまなかった」

ぽろぽろ大粒《おおつぶ》の涙《なみだ》を零《こぼ》すティアラローズの左手の薬指に星空の王の指輪をはめて、優しく指の付け根に口づける。そのまま手《て》の甲《こう》、頬、額、唇と。

「いいえ、いいえ……っ！　わたくしが未熟なばかりに……。みんなを傷つけてしまったのでは、と……」

ぐちゃぐちゃになってしまった部屋を見て、ティアラローズはとても恐怖《きょうふ》を感じたの

だろう。自分で自分が何をしでかすかわからない――と。

けれど、アクアスティードはそんなティアラローズの不安を全部包み込んでしまう。

「誰も傷ついていないよ。ほら、私も怪我一つしていない」

「あくあ……」

だから泣かないでと、アクアスティードは大粒の涙がこぼれるティアラローズの目元にそっとキスをした。


ティアラローズをベッドに寝かせたあと、アクアスティードの執務室《しつむしつ》へ場所を移動した。

ティアラローズには、フィリーネがついてくれている。

「なるほど、ルチアが指輪をつけてみたかったのか」

オリヴィアから事情を聞き、アクアスティードは頷いた。

「魔力のコントロールはもちろんだが、早急にほかの方法も考えないといけないな……」

今までティアラローズが星空の王の指輪を外すことはなかったけれど、今後も今回のようなイレギュラーがないとは言い切れない。

不測の事態を想定して、対策を立てなければならないだろう。

「どこまでいっても魔力問題はつきまといますね……さすがはアクア様とティアラ様です。今もなおパワーアップしているなんて」

そんな風に感心するアカリの横で、リリアージュが『わたしに考えがあります』と一つの可能性を示した。

『ティアラの魔力を渡《わた》せる対象がいればいい……ということですよね？』

「できるできないは置いておくとして、そういうことですね」

「何かいい案があるんですか!?　リリア様!!」

アクアスティードが頷くと、アカリが食い気味に反応する。リリアージュはそんなアカリに苦笑しつつ、『一つだけ』と頷いた。

『それはとても難しいことだと思うのだけど……ティアラなら大丈夫だと思うの』

――明け方、窓から差し込む光にティアラローズはみじろいだ。

「ん、んん……？」

「ティアラローズ様！　お目覚めですか？」

「……フィリーネ？」

「はい」

目を覚ましたティアラローズは、目の前のフィリーネに目をやりつつ部屋を見回した。

つい先ほどまで女子会をしていた部屋ではなく、自分の寝室だ。寝てしまって運ばれたのだろうか？　そう考え――ハッとする。

「そうだ、わたくし指輪を……」

急いで自分の左手を見ると、星空の王の指輪はきちんとはめられている。そのことにほっと安堵するも、ルチアローズが指輪を手にした後の記憶《きおく》がなんだかひどく曖昧《あいまい》だ。

――でも、なんだかとても苦しかったのは覚えているわ。

「フィリーネ、何があったか教えてちょうだい」

「……はい」


アクアスティードがティアラローズに星空の王の指輪をつけ、猫から人間に戻った後――フィリーネは、あったことすべて伝えていいとアクアスティードから言われていた。

ティアラローズが不安を覚えないよう、忘れているようなら伝えない方がいいのでは？　という意見も出た。

けれど、ふとしたときに思い出してしまうこともあるし、当事者として、マリンフォレストの王妃としてしっかり知っていた方がいいとアクアスティードが判断した。

フィリーネが話し終えると、ティアラローズはくらりと眩暈《めまい》がした。

――わたくし、なんてことを!!

みんなに怪我をさせなかったことは幸いだけれど、一番気がかりなのはルチアローズだ。

「ルチアは？　ルチアはどうしているの？」

もし自分のせいで母親が怪物のようになってしまったと理解したのであれば、ルチアローズは誰よりも深く傷ついているはずだ。

今は自分のことよりも、ルチアローズのことが心配で仕方がない。

ティアラローズが焦りながらフィリーネに問いかけると、「大丈夫ですよ」と笑顔《えがお》が返ってきた。

「驚いたからか……泣いてしまわれたのですが、今はぐっすり寝ています。見に行かれますか？」

「……起こしてしまわないか心配だけれど、そうね、一目だけ」

「わかりました。すぐにお仕度《したく》いたしますね」

ベッドから出たティアラローズに、フィリーネが着替《きが》えなくていいようにコートを用意してくれた。これなら、すぐにルチアローズのところへ行くことができる。

「ありがとう、フィリーネ」

「いえいえ。……久しぶりにティアラローズ様のお世話をするのは、なんだか不思議な感じですね」

フィリーネが妊娠《にんしん》して休みをもらって、もう数年。

当初の予定ではすぐに復帰するつもりだったが、あれよあれよと二人目、三人目となってしまったので戻るに戻れなくなってしまったのだ。

定期的に登城してティアラローズとお茶をしたりしているので、交流はしっかりある。


タルモに護衛してもらいながら、ルチアローズの部屋へやってきた。

大きなベッドに埋もれそうになっているのが、なんだか可愛い。気持ちよさそうにすやすや寝ていたので、ティアラローズはほっとする。

「よく眠っているわね」

ティアラローズはベッドの端に腰《こし》かけて、ルチアローズのおでこを優しく撫でる。きっと、怖い思いをさせてしまっただろう。

「んぅ……？」

「あ、起こしてしまったかしら」

ルチアローズがもぞもぞと動いて、目を擦《こす》る。何度か瞬《まばた》きを繰り返して、欠伸《あくび》を一つ。

そして、はっきりティアラローズを見て――大粒の涙をこぼした。

「……っ、お母さまぁ！」

そのままぎゅーっとティアラローズに抱きついた。

「ごめんなさい、わたっ、指輪とっちゃった……からぁっ」

「ルチア……」

えぐえぐと泣くルチアローズに、ティアラローズは「大丈夫よ」と優しく背中を撫でる。

フィリーネには一目だけと告げたが、もうしばらく一緒にいたい。ただ、指輪のことがあるので自分一人では難しいかもしれないけれど。

――アクアに相談しようかしら。

そう考えて、はたと気づく。

「わたくしったら、目が覚めたのにアクアに連絡もしないで……！」

ルチアローズのことばかりが気がかりで、ほかのことを蔑《ないがし》ろにしてしまった。

そんなティアラローズに、フィリーネは「大丈夫ですよ」と笑う。

「先ほどお伝えした通り、みな様で作戦会議をしていますから。ティアラローズ様の目が覚めたことも、こちらへ来る前にメイドに頼んで伝えてもらっています」

アクアスティードもすぐここへ来るだろうとフィリーネが教えてくれた。

「ありがとう、フィリーネ」

「わたくしは一緒にいますので、アクアスティード陛下が来られるまでルチアローズ様と横になっていてもいいですよ。泣きつかれたのか、寝てしまいましたから」

「……そうね。お言葉に甘えようかしら」

「はい」

ごめんなさいと泣いたルチアローズは、ティアラローズに撫でられた安堵から再び寝てしまったようだ。

アクアスティードが来るまでの間と決めて、ティアラローズは可愛い娘《むすめ》の隣に横になった。


アクアスティードの執務室は、しんと静まり返っていた。

全員の視線がリリアージュに集まり、今の話は本当だろうか……と、各々《おのおの》がその真偽《しんぎ》に頭の中で悩む。

きっと今まで、誰も考えたことがないだろうから。

——そんなことが可能なのか？

アクアスティードも考えながら、しかしリリアージュが提案したのだから見込《みこ》みはあるのだろうと思う。

一呼吸おいて、リリアージュはもう一度はっきりと告げた。

『新たな妖精を生み出して、ティアラの魔力を与《あた》えるんです』

第四章　新たな妖精の誕生

『わ～いい匂《にお》い！』

『あそこにあるのって、全部お菓子《かし》なんでしょ？　食べたいな～！』

わくわくそわそわした森の妖精《ようせい》たちが、ティアラローズのスイーツ専門店『妖精の砂糖菓子』を窓の外から覗《のぞ》いていた。

ティアラローズ以外の人間の前に出たいとは思わないけれど、このお菓子だけはどうにも魅力的《みりょくてき》に映ってしまう。

どうにかして食べられないかなぁと、妖精たちが頭を悩《なや》ませている。

一人の妖精がハッとして、『名案がある！』と声をあげた。

『なになに、何がめーあんなのっ!?』

『聞きた～い！』

『ふっふっふー！　お菓子が食べたいなら、ティアラに作ってもらえばいいじゃな～い！』

高らかに告げられた提案に、ほかの妖精もハッとする。

『なるほど～!!』

全員の声が重なったという。


森の妖精たちがティアラローズにお菓子をねだる算段をつけているころ、ティアラローズとアクアスティード、リリアージュはキースの城にいた。

というのも、リリアージュができると言った『新しい妖精を生み出す』方法がさっぱりわからないからだ。

誰《だれ》もそんな方法は知らず、一番博識そうなクレイルもお手上げで。

ティアラローズたちは手掛《てが》かりを探すべく、キースの城にある森の書庫へやってきたというわけだ。


「新しい妖精ねぇ……」

キースは森の書庫の本を見つつ、「そんなのあるのか?」と首を傾《かし》げている。

妖精王すら知らないのに、書庫で情報が見つかるのだろうか……と、ティアラローズは本を読み始めた。

「……そうですね。一生懸命《いっしょうけんめい》探しましょう！」

　リリアージュの言葉を聞いて、ティアラローズは気合を入れる。二人で手当《てあ》たり次第《しだい》、

『大丈夫《だいじょうぶ》です、きっと手掛かりがあるはずです！』

不安になる。


　そんなティアラローズたちを見守りつつ、キースはアクアスティードに目をやる。そして二人に気づかれないよう、声を落として話しかけた。

「……大丈夫だったのか？」

「ああ。記憶《きおく》はあやふやだったらしいが、あったことは隠《かく》さずに伝えたよ」

　キースが心配したのは、ティアラローズから星空の王の指輪が外れて巨大《きょだい》な猫《ねこ》――怪物《かいぶつ》へ姿を変えてしまったことだ。

　大暴れ――というわけではないが、部屋の中はめちゃめちゃになってしまったので、話を聞いたティアラローズはしばらく落ち込んでいたし、不安そうだった。

　今は星空の王の指輪をはめ、その上からレースの手袋《てぶくろ》をつけてはずれないように気をつけている。

「ふ～ん。問題なさそうならいいが……にしても、新しい妖精ねぇ」

「手探《てさぐ》り状態ではあるが、可能性があるならそれに賭《か》けるさ。ほかの方法は、ティアラが妊娠《にんしん》したときに探しつくした」

「それもそうだな」

キースはハハッと笑うと、一瞬《いっしゅん》で切《き》り替《か》え真剣《しんけん》な表情になる。

「妖精が生まれる瞬間《しゅんかん》には、何度も立ち会ってきた。だが、それは例外なくすべて森の妖精だ」

新しい妖精が突然変異《とつぜんへんい》で生まれることは考えにくいだろうと、キースは言う。

もしそういったことがあるのであれば、とっくに何例かあってもおかしくないはずだからだ。だてに長く生きているわけではない。

「私もほかの妖精は見たことがないな」

一風変わった妖精でも見たことがあれば可能性を感じられたかもしれないが、アクアスティードにもそういった経験はない。

「考えられることというか、もう一つ大事なことがある」

「大事なこと？」

「新たな妖精王は誰かっていう話だ」

「――！」

当たり前のように妖精王であるキースたちがいるが、新たな妖精が生まれるなら新たな妖精王が必要になってくる。

——というか、そもそも。

「妖精王にはどうやってなるんだ？」

妖精に関しては、わからないことが多すぎる。

アクアスティードの疑問に、キースは「俺も詳《くわ》しいわけじゃねえけど……」と頭をかく。

「俺は妖精王として生まれた。まあ、特別な妖精ってやつだ」

「それは興味深いな」

となると、新たな妖精の王が誕生する——そう考えていいのだろうか。

しかしそこで、アクアスティードはパールのことを思い出す。

「パール様は確か……三代目の海の妖精王じゃなかったか？」

「そうだ。パールの場合は、そのとき一番力のある海の妖精が王になり……パールという名前を得た」

「なるほど……」

王として生まれる場合と妖精が王になる場合の二パターンがあるようだ。

「あとは、いったいなんの妖精が生まれるのか——」

『みゃっ（あっ）』

「ティアラ？」

後ろから可愛《かわい》い鳴き声がして振《ふ》り返《かえ》ると、ティアラローズがもふもふの白猫の姿に変わっていた。

『にゃあぁ（すみません、アクア）』

「大丈夫だよ。ほら、おいで」

『うみゃ』

アクアスティードはティアラローズを抱《だ》き上《あ》げて、外れてしまった指輪をリボンで結んであげる。

「いい子だね、ティアラ。よしよし」

『にゃあぁ～』

アクアスティードがティアラローズの顎《あご》をくすぐると、すぐにとろけてしまった。こうされると気持ちよくて、どうしようもなくなってしまうのだ。

――今日は妖精のことを知るためにきたのにっ！

なのにアクアスティードの手が心地《ここち》よくて、自然と喉《のど》がゴロゴロと鳴ってしまう。

『みゃぁっ！（これじゃあポーカーフェイスもできないわっ！）』

「うん？」

真面目《まじめ》な表情をしていても、喉がゴロゴロ鳴ってはばれてしまう。猫の姿だというのに、ティアラローズの顔は真っ赤だ。

「なんだよ、俺にも触《さわ》らせろって」

『みゃっ！』

アクアスティードが抱くティアラローズの頭を、キースの手が撫《な》でる。指先で額をくすぐられ、『みゃっ』と声が出た。

すると、すかさずアクアスティードの手がキースの手を止める。

「触りすぎだ」

「なんだよ、減るもんでもなし、ちっとくらいいいだろ」

「減る」

気付けばアクアスティードとキースの間に火花が散っており、ティアラローズはまた始まってしまった……と苦笑《くしょう》する。

以前は二人のやりとりに焦《あせ》ったものだが、さすがにもう慣れっこだ。

——でも、わたくしを抱いたまま睨《にら》み合《あ》わないでほしいわ。

そんなことを考えていたら、葉の本を読んでいたリリアージュがぴょんっと跳《は》ねた。

『ありましたっ！』

「えっ!?」

「わっ！」

リリアージュの喜ぶ声に驚《おどろ》いたからか、ティアラローズが人間の姿に戻《もど》った。

猫のティアラローズを抱きしめていたアクアスティードにそのままマントをかけられ横抱きにされてしまい、まだ赤くなっていた顔を見られてしまって少し恥《は》ずかしくなる。

「お、おります！　アクアっ！」

「おりちゃうの？　残念」

くすりと笑って、アクアスティードがティアラローズを床におろす。

急いでドレスを着て、リリアージュへ視線を向ける。

「お待たせしてすみません。あったのですね、リリア様！」

『はい！　これだと思います』

ティアラローズがリリアージュの下に駆《か》け寄《よ》ると、キースが興味深そうに覗き込んできた。自分の城の書庫なのに、キースはすっかり失念していたらしい。

キースは葉の本を手に取り、そのタイトルを読み上げる。

「……『幸せの芽吹《めぶ》き』？　これが妖精誕生の本か」

読んでみると、絵本のような作りになっていた。

草木が枯《か》れ果て、食べるものがほとんどない大地で暮らす女の子がいました。

ひもじく辛《つら》い毎日に、女の子は泣いてばかり。

けれど、それは女の子の家族も同じ。

妹や弟、それからお父さんとお母さんにお腹《なか》いっぱいご飯を食べてもらいたい。

そんな風に思っていました。

女の子の楽しみは、荒《あ》れた大地に芽吹いた小さな芽に水をあげること。いつか大きくなれと、遠くの川から水を汲《く》んできていました。

あるとき、女の子は自分の中の不思議な力に気づきました。

野菜が育ち、実りのある大地になってほしい……そんな願いを込《こ》めたとき、いつもお世話をしていた大切な芽が『森の妖精』になったのです。

森の妖精は大地に恵《めぐ》みを与《あた》え、植物を育て豊かな地を作りました。

女の子はたくさんの食べ物を手に入れることができ、家族みんなで幸せに暮らしました。


「――めでたしめでたし、か。なんというか、ありきたりな物語だな……」

キースは呆《あき》れたように言うけれど、妖精の生まれうんぬんというより……この事実が本当であるのならば――

「これ、キースの出生の秘密では……」

いや、秘密なのかはわからないけれど。

こんな風に知ってしまってよかったのだろうかと、ティアラローズはキースのことを見る。しかし本人は気にしていないのか、けろりとしている。

「そういや、俺が生まれたところは酷《ひど》い荒れ地だったな！　この森にするまで、かなり大変だったのを今でも覚えてる」

『忘れてたじゃないですか……』

「リリア様……」

思わずツッコミを入れたリリアージュに、ティアラローズは苦笑する。

「まあ、キースの出生うんぬんは置いておくとして……ようは、この女の子の持つ不思議な力が魔力《まりょく》っていうことなんだろうね」

『そうです！』

アクアスティードの言葉に、リリアージュが頷《うなず》く。

『この絵本の通りに妖精が誕生するのなら……まず、魔力を持っていること。妖精になれる対象があることでしょうか』

「魔力に関しては、きっと問題ないと思います。今も星空の魔力がたんまりありますから」

問題は、妖精になる対象だろう。

キースは森、クレイルは空、パールは海。

それぞれ媒体《ばいたい》になったであろう対象は想像しやすく、人々の生活に欠かせない大切なものだということがわかる。

「つまり、わたくしにとって大切なものから妖精が生まれる……ということでしょうか？」

ティアラローズの問いかけに答えたのは、キースだ。

「だろうな。その対象に、お前の魔力を注いでやればいい。上手《うま》くいけば、新たな生命が宿り妖精になる……が、生半可な気持ちや魔力じゃ無理だ」

大好きなものに魔力をいれるだけでいいなら、この世界は妖精だらけになっているだろう。それにはティアラローズも同意なので、頷く。

森、空、海――そしてティアラローズの妖精。

アクアスティードは、王城や街のいたるところに咲《さ》く国花が思《おも》い浮《う》かんだ。

「それだったら……ティアラローズの花はどうだろう？　あの花はティアラの魔力から生まれているし、ほかの妖精と同じように自然物でもある」

『それはいいですね！　あのお花、とっても綺麗《きれい》です』

「なら、花に魔力を注ぎまくるしかないな」

すぐにリリアージュとキースがアクアスティードの案に賛成した。ティアラローズも、花から生まれた妖精はとびきり可愛いだろうと頷いた。

ティアラローズの花は初めこそ管理され王城の庭園などで大切に育てられたが、今ではマリンフォレスト中で見ることができるようになった。

――新しい妖精に、会えるかもしれない。

自分の魔力の問題のためにすることなのだが、ティアラローズの胸はドキドキワクワクしていた。


マリンフォレストの国花――ティアラローズの花。

ティアラローズの魔力が元で咲いた大輪の花で、可愛らしいピンク色をしている。

その花びらは甘く、上質の砂糖が実るというなんともティアラローズらしい花なのだ。

お菓子づくりにも、鑑賞《かんしょう》にもピッタリで国民からも愛されている。

森の書庫で得た情報から、ティアラローズの花に魔力を注ぎ新たな妖精を誕生させることにした。

鉢植《はちう》えのティアラローズの花が自室に用意されたのを見て、ティアラローズは少し緊《きん》張《ちょう》してしまう。上手くいくだろうか……と。

ティアラローズの花の鉢植えの前に立つティアラローズを、アクアスティード、アカリ、オリヴィアが見守っている。

リリアージュとフェレスは、人が多くても集中できないだろうからと席を外した。

「ティアラ、肩《かた》の力を抜《ぬ》いてリラックスしてごらん」

「……はい！」

アクアスティードのアドバイスを受け、ティアラローズは深呼吸を繰《く》り返《かえ》す。

――少し落ち着いたわ。

よし、やるぞ！

ティアラローズがそう気合を入れ取りかかろうとすると、後ろからきゃっきゃしたテンションの高い会話が聞こえてくる。

「はあぁ、まさか新たな妖精の誕生に立ち会うことができるなんて！　わたくし、わたくし……っ！」

「お花の妖精なんて、可愛いに決まってますよね～！」

オリヴィアとアカリが居ても立ってても居られないとはしゃいでいる。

「二人とも、落ち着いてくださいませ」

妖精のことではしゃぐ二人を見ると、緊張していたのが馬鹿らしくなってしまった。

ふうと息をついて、ティアラローズは花の前でしゃがむ。

綺麗な大輪の花はいつ見ても美しい。

「……早く妖精に会ってみたいわね」

「となれば、することは一つ！　ですねっ！」

アカリが「さあさあ」とティアラローズの背中をぐいぐい押してくる。背中を押しても魔力が出るわけではないのだが、そこは気分の問題のようだ。

「花に魔力を……というのは難しそうな気もしますが……お菓子作りのときと同じ感じにすればいいのかしら？」

対象があって、そこに魔力を込めるという点では同じだ。

ティアラローズが魔力の使い方を考えていると、アクアスティードが隣《となり》に膝《ひざ》をついた。

「お菓子と同じ方法で問題ないはずだ。最初は戸惑《とまど》ってしまうかもしれないが、ゆっくり落ち着いてやれば大丈夫」

そう言って、アクアスティードは支えるように肩を抱いてくれる。すると、不思議と落ち着いてくる。

「アクアが隣にいたら、百人力ですね」

なんでもできてしまいそうだ。

ティアラローズは「よし！」と気合を入れて、ティアラローズの花に手をかざす。

おそるおそる星空の魔力をティアラローズの花に込めると、少しだけ体が軽くなったような感覚があった。

――なるほど！　こんな風に日常的に魔力を妖精に渡《わた》せるなら、猫になることもなくなりそう。

ティアラローズの花へ魔力を注ぐのも、お菓子作りと同じ要領なのでそこまで難しくない。

大きな魔力のコントロールは上手くいかなかったけれど、こっちは上手くいきそうなのでティアラローズのテンションは上がってくる。

「うん、上手《じょうず》だ」

「――！」

耳元で聞こえたアクアスティードの声に、一瞬ドキリとしてしまった。

――いけない、集中しなきゃ。

魔力を込めつつ深呼吸して、体勢を整える。すると今度は、後ろで見守っている二人から声援《せいえん》が飛んできた。

「いい調子です、ティアラ様！」

「さすが先輩《せんぱい》っ！」

魔法《まほう》に長《た》けているアカリが魔力の流れなどを見てくれ、オリヴィアは応援《おうえん》に徹《てっ》しているようだ。

「いけいけティアラ様〜っ！」

アカリのひときわ大きな声に、これは頑張《がんば》らなければとティアラローズはさらに魔力を込めていく。

――と、盛り上がっていたものの。

「……ふう。魔力を流し込んでも、何も起こらないみたい」

体の中の魔力が落ち着いたのはいいことだが、妖精が生まれる気配はまったくない。妖精を生み出す方法が間違《まちが》っていたのか、それとも単純にまだまだ魔力が足りず反応がないだけなのか。判断がつかず、困ってしまう。

「魔力はちゃんと花に行っているみたいだから、やり方は合っていると思うが……」

「となると、魔力の量が足りないのでしょうか？」

「その可能性もあるが……時間や日数など、ほかの要因もあるかもしれない。気長にやっていくのがよさそうだ」

無理して倒《たお》れでもしたら大変なので、毎日少しずつ様子を見ればいいとアクアスティードは微笑《ほほえ》む。

「はい」

――そうよね、そんな簡単に妖精が生まれたりはしないわよね。

ティアラローズがのんびりやっていこうと思っていると、後ろから「ががーん！」というショックを受けた声がした。

「当初の予定だと、私はもう花の妖精に祝福をもらっているはずだったのに！」

「アカリ様、いつのまにそんな作戦を……」

しかしオリヴィアもギクリと肩が跳ねていたので、花の妖精に祝福してもらいたいと考えていたのだろう。

二人の気持ちは、ティアラローズにもよくわかる。妖精に祝福してもらえるのは嬉《うれ》しいし、仲良くなれたらもっと嬉しい。

「二人の期待に沿えなくて申し訳ないのだけれど、今日はここまでにするわ」

「それがいいです。今は魔力も落ち着いていますし、明日以降またやってみましょう」

「ええ」

何日かかるかはわからないけれど、継続《けいぞく》していくうちに魔力のコントロールが磨《みが》かれたりして、一石二鳥になるかもしれない。

「オリヴィア嬢《じょう》、私も立ち会うのでスケジュールが決まったら私に教えてくれ」

「かしこまりました」

オリヴィアはすぐにティアラローズの日程を確認《かくにん》し、比較的《ひかくてき》アクアスティードが落ち着いていそうな午後の時間に予定を合わせてくれた。

ティアラローズたちが予定を確認している間、アカリは外の景色に目を向けていた。

「夕焼けが綺麗で——あっ！」

「アカリ様？」

「私、ティアラ様のお菓子のお店に行きたいんでした‼」

思い出した！　と、アカリが手を叩《たた》く。

王城に来る間も、来てからも、アカリはいろいろな場所でティアラローズのスイーツ店の噂《うわさ》を聞いていた。

その度に、食べたくて食べたくて食べたくてしかたがなかったのだ。

行きたいと腕《うで》をぶんぶんさせるアカリを見て、さてどうしたものかとティアラローズは悩む。

ティアラローズは猫になってしまうようになってから、店には顔を出していない。が、報告は毎日上がってきている。

一言で言うと、満員で行列ができていて個室も予約が埋《う》まっている。つまり毎日とんでもなく混んでいて忙《いそが》しいのだ。

自分の都合で席を用意してもらうのも申し訳ないと思いつつ、どうしようか悩む。

——アカリ様、突然くるから……。

せめて連絡《れんらく》してくれたら席も用意できたし、なんならオープン日に関係者席へ招待することだってできただろう。

とはいえせっかく持てた自分のお店なので、招待したい。

ティアラローズが考えていると、突如《とつじょ》現れたレヴィが「閉店後に行ってみては?」とアドバイスをしてくれた。

「レヴィ!」

なぜいきなり現れたのかと思えば、紅茶を用意してきてくれたようだ。一緒《いっしょ》にケーキも載《の》っている。

「手配いたしましょうか?」

「……じゃあ、お願いしようかしら」

「きゃー、やったぁ~! 楽しみ!」

ティアラローズがレヴィの提案に頷くと、アカリがジャンプして喜んでいる。よほどお店に行ってみたかったのだろう。

「ですが閉店後なので、パティシエたちにあまり無理は——あ」

「?」

ティアラがぽんと手を打ったのを見て、アカリとオリヴィアが首を傾げる。レヴィはすでに店舗《てんぽ》に向かったようで、いなくなっている。

「もしよければ……わたくしが作ってもいいですか? 雇《やと》っているパティシエのようには

いきませんが、お店で出しているスイーツは作れるので」

ここ最近は忙しい日々が続き、スイーツ作りがまったくできていなかった。ティアラローズは食べるのも大好きだが、作るのも大好きなのだ。お菓子作りができるのであれば、息抜《いきぬ》きにもなってちょうどいい。

「もちろん構いません！　私、ティアラ様のお菓子大好きですから！」

「わたくしもです」

アカリとオリヴィアはティアラローズのお菓子が食べられると聞いて、にこにこだ。

「私も楽しみだな」

アクアスティードも嬉しそうに言うものだから、ティアラローズも気合が入る。やはり美味《お》《い》しいスイーツはみんなで食べてこそ、だ。

「では、腕によりをかけて作りますね！」


ティアラローズ、アクアスティード、アカリ、オリヴィアの四人でスイーツ店『妖精の砂糖菓子』へとやってきた。

昼間は満員の店内も、閉店後はがらんとしていてどこか寂《さび》しい。

お店はちょうど後片付けが終わったところのようだ。

「お疲《つか》れ様《さま》です」

「ティアラローズ様！　お疲れ様です。今日も一日中満席でした」

「よかったわ。連絡が来ていると思うけれど、このあとお店を使わせてもらうわね」

「はい」

事前にレヴィが手配してくれていたので、スタッフとの連携《れんけい》はとてもスムーズだ。帰宅するスタッフたちを見送ってから、店内へ入った。


最近は猫になってしまうことがあったため、大好きなお菓子作りをしていなかった。そのため、アカリに振舞《ふるま》うためと言いつつもティアラローズはかなり嬉しい。

ケーキにクッキー、シュークリームにゼリーに……何を作ろう全部作ろうか。鼻歌を交えつつ作業してしまうかもしれない。

「よし、さっそくお菓子を――」

ティアラローズが厨房《ちゅうぼう》へ行こうとしたとき、店内でうごめく影《かげ》にぎくりとする。

――え、何？

「後ろに」

「！」

体がこわばったのを見たアクアスティードは、すぐにティアラローズを自分の後ろへかくし、店内を見回す。

「何かいるのか……？」

アクアスティードも一瞬身構えたが、すぐに犯人がわかった。

『いい匂いがする～！』

『お菓子食べたいのに～！』

『こないだ行ったとき、ティアラいなかったもんね』

『めーあんだったのにねー！』

店内の壁際《かべぎわ》にある観葉植物の後ろから、森の妖精たちがきゃらきゃら楽しく話をしながら出てきた。どうやらお菓子が食べたいようだ。

「こんなところにいるなんて驚いたわ。ごきげんよう」

『ティアラ～～！』

妖精たちがぱあっと表情を輝《かがや》かせて、ティアラローズの下に集まってくる。

「わあっ、妖精だ～！　可愛い～～！」

『知ってる、ティアラの友達でしょ？』

「そう、大親友のアカリよ！」

『大親友だって、すご～い！』

アカリがテンションを上げて、妖精と仲良くなるために握手《あくしゅ》を求めたりしている。

森の妖精はあまり人と付き合いはしないのだが、ティアラローズの友達――大親友ということで、多少友好的に接してもらえたらしい。

オリヴィアは悪役令嬢《れいじょう》ゆえに妖精に嫌《きら》われているので、そっと遠くからハンカチで鼻を押さえつつレヴィと一緒に見守っている。


「……さて。妖精たちの分も必要だから、気合を入れて作らないとね」

『やったぁ～！』

ティアラローズはエプロンをつけ、さっそく厨房に入る。

ここはティアラローズのお店なので、自由に使うことができる。できると言っても――営業時間中と仕込《しこ》みのときは邪魔《じゃま》になってしまうので、使えるのは夜だけだ。

さらに今は油断していると猫になるので、人間でいられるうちにスイーツの作りだめでもしたいくらいだ。

「せっかくお店の厨房を使っているのだし……少し豪華《ごうか》なものに挑戦《ちょうせん》してもいいかもしれないわね」

お店ではスイーツのコースを出している。

さすがに今スイーツのフルコースを用意することはできないが、簡単なものを数品くらいは用意できるだろう。

「ケーキに、焼き菓子に……それから見た目が華《はな》やかなパフェもいいわね！」

チョコレート細工を添《そ》えれば、壊《こわ》したくない芸術品のようになる。

ティアラローズがるんるん気分でスイーツを作っていると、「ティアラ」と声をかけられた。見ると、厨房の入り口にアクアスティードが立っている。

「アクア！　どうしましたか？」

スイーツができるのを店内でお茶をしながら待っていたはずだが、何かあっただろうかと首を傾げる。

「いや、ティアラがお菓子を作るのは久しぶりだからね。見ていてもいい？」

「もちろんです！」

アクアスティードが座る丸椅子《いす》を用意して、ティアラローズはさっとフルーツティーを差し出す。

「どうぞ」

「ありがとう。いい香りだ」

「お店でも出しているフルーツティーで、わたくしのお気に入りなんです」

フルーツティーを作るのに、なんのフルーツをどれくらい入れるべきかなど、パティシエとかなり試行錯誤《しこうさくご》を繰り返した一品だ。

アクアスティードが見ているところで料理をするのは、ちょっとだけドキドキする。

――なんというか、二人暮らしの夫婦《ふうふ》みたいよね。

思わず想像してしまい、ティアラローズの頬《ほお》がわずかに赤くなる。

ティアラローズとアクアスティードが二人切りになれることはあるけれど、いかんせん住んでいる場所が王城なので料理をする時間はあまり取れない。

部屋にティアラローズ専用のキッチンは用意されているけれど、やはりこういった場所で作ると雰囲気《ふんいき》が変わるのでいいなと思う。

――そうだ、今は星空の魔力がたくさんあるから……いつもよりすごいスイーツが作れるかもしれないわ！

ティアラローズは普段《ふだん》からお菓子作りの際に自分の魔力を込めていて、体力回復や身体能力アップといった恩恵《おんけい》をつけることができる。

元々持つ自分の少ない魔力でもそれだけのことができたのだから、星空の魔力を使ったら……いったいどれだけすごい効果を得ることができるのか。

――もしかしたら、体調不良や風邪《かぜ》がよくなったりするかもしれないわね。

なんてことを考えながら、魔力を使う。

今作っているのは苺《いちご》たっぷりのショートケーキだ。スポンジは焼いているところなので、今は生クリームを作っている。

「ここに星空の魔力をちょっとずつ流し込んで……混ぜる」

ツノが立つくらいまで混ぜて、スポンジが焼けたらデコレーションしていく。スポンジの間には苺ムースを入れて、上部にはたくさんの苺とチョコレート細工。

「せっかくだから二段にしましょう」

そう言って、ティアラローズは大きさ違《ちが》いのスポンジを二つ用意した。


アクアスティードは丸椅子に座って、楽しそうにお菓子作りをするティアラローズを見る。コロコロと表情を変え、生き生きとした様子が可愛くて目が離《はな》せない。

苺ケーキを作るようで、たくさんの苺や生クリームなどが用意されている。

──せっかくなら二人切りで……なんて考えたら、アカリ嬢たちに怒《おこ》られてしまうか。

可愛いティアラローズを見ていると、独占《どくせん》してしまいたくなる。

今日は仕方がないけれど、近いうちに二人でゆっくりする時間を作ろう。アクアスティードがそんなことを考えていると、ティアラローズが「ふう」と一息ついた。

見ると苺のケーキはほぼ完成していた。

──二人きりの時間もここまでか。

ティアラローズをもっと眺《なが》めていたかったけれど、仕方がない。

その時、それは起こった。

最後にたっぷり魔力を込めたら、ティアラローズ特製の苺ケーキが完成。

「よーし、上手くでき――」

――た。

ティアラローズが言い終わる前に、二人の目の前で思いもよらないことが起きた。この現象を、なんといったらいいのだろうか。

できあがったケーキから星が溢《あふ》れ出た。

キラキラ輝くさまは神秘的で、まるで時が止まったようだ。息をするのも忘れて、ただ見入る。

まるで新たな芽吹きを見ているかのようだ――。

「ティアラ」

「――アクア！」

アクアスティードも目を見開き、椅子から立ち上がってティアラローズの隣へやってきた。

ティアラローズもアクアスティードも、何が起こっているのかわからない。

すると、苺のケーキからぴょこんと小さな何かが飛び出してきた。

『んぅ～、いい匂い』

ぱっちり開いた大きな瞳《ひとみ》は花の輝きを放ち、頭の上には苺のワッペンのついたパティシエ帽《ぼう》。胸元《むなもと》にはハニーピンクのタイが結ばれている。

手のひらサイズの可愛い相手は、すんすんとお菓子の甘い匂いをかいでとっても幸せそうな表情をしてみせた。

『とっても素敵《すてき》な甘い香り！』

ティアラローズのお菓子から生まれた――新たな妖精だ。

目の前で起きたことがいまだ信じられず、ティアラローズはぽかんと口を開けてただただ妖精を見つめていた。

「…………」

——確かに星空の魔力をたくさん注いだけど……。

まさか自分の作った苺のショートケーキから妖精が生まれるなんて、思ってもみなかった。

ティアラローズのお菓子から生まれた、お菓子の妖精。

水色の花の瞳に、ショートケーキをイメージした可愛らしいパティシエの制服。見ているだけで愛らしく、その手には一つ製菓《せいか》道具を持っている。

ティアラローズはアクアスティードと顔を見合わせて驚きつつも、お菓子の妖精の可愛らしさに頬が緩《ゆる》む。

「こんにちは、妖精さん。わたくしはティアラローズよ」

「私はアクアスティードだ」

『これはこれは!』

二人で自己紹介《しょうかい》すると、妖精はシュバババっとクッキーを作って見せた。あまりの早業《はやわざ》に、ティアラローズの目が点になる。

——すごいわ！　さすがお菓子から生まれた妖精……！

ちょっと羨《うらや》ましいと思ってしまった。

けれど妖精にとってはこのスピード業《わざ》は至極《しごく》当然のことのようで、にぱ～っと笑顔《えがお》で完成したお菓子を差し出した。

『お近づきの印に、お菓子をどうぞ！』

「ありがとう」

妖精からもらったのは、真ん中に苺ジャムの入ったクッキーだ。

「とってもいい匂いね……ありがとう」

「ありがとう、いただくよ」

『は～い！』

ドキドキしながらいただくと、優《やさ》しい甘みが口いっぱいに広がった。そして苺の甘酸《あまず》っぱさが、全体の味を引《ひ》き締《し》めてくれる。

サクサクのクッキー、しかも妖精の手作りクッキー。オリヴィアではないけれど、ティアラローズは天にも昇《のぼ》るような気持ちになった。

「これは美味しいな……」

「いくらでも食べられてしまいますね」

男女ともに食べやすいクッキーは、素朴《そぼく》な味といえばいいだろうか。懐《なつ》かしさを感じ、心にしみる。

『気に入ってくれてよかった！』

妖精がにぱ～っと笑うと、ティアラローズとアクアスティードに祝福の光が舞《ま》い降《お》りた。お菓子の妖精が祝福を贈《おく》ってくれたようだ。

「――！　ありがとうございます」

「まさか祝福をしてもらえるとは……ありがとう」

『わたしの祝福があると、お菓子作りが上手になるよ』

「それは素敵です」

妖精の言葉にティアラローズは食い気味に返事をする。

――この妖精がマリンフォレスト中に存在するようになったら――

きっとお菓子を作る人が増えるだろう。

家庭で作られたお菓子は実家の味となり、きっとその家族の中で語《かた》り継《つ》がれていくようになる。そうすれば、もっともっと新しいお菓子が増えていく。

マリンフォレストは、名実ともにお菓子の国と名乗ってもいいかもしれない。なんてことを、ティアラローズはついつい考えてしまう。

なにはともあれ、すべてのお菓子好きがお菓子妖精と仲良くしてくれたら嬉しい。

クッキーを食べ終わると、店内からアカリとオリヴィアがやってきた。

「ティアラ様～、何かありましたか――って、その子は⁉」

「え、その小さな子は……妖精⁉」

顔を覗かせた二人は、妖精の突然の登場にこれでもかと驚いている。

それもそのはずで、アカリたちも花から新たな妖精が生まれるとばかり思っていたからだ。それがまさか、ティアラローズのお店で誕生するなんて。

すぐさまオリヴィアがハッとして、そのまま崩《くず》れ落《お》ちるように床《ゆか》に膝をつく。感動に打ちひしがれているのかと思いきや、そのまま頭を下げた。

「お初にお目にかかります、新たな妖精様。わたくしはオリヴィア・アリアーデルと申します」

『えっあっ、うん……』

妖精が若干《じゃっかん》引いている。

「はいはーい！　私はアカリ！　新しい妖精をこの目で見られるなんて、ラッキー！」

『それはどうも』

オリヴィアとアカリの挨拶《あいさつ》にお辞儀《じぎ》を返し、お菓子の妖精は二人にもクッキーを振舞った。すると、ティアラローズと同じように祝福が降り注ぐ。

アカリが「やった～！　祝福だ！」と喜ぶ横で、オリヴィアが硬直《こうちょく》している。

「オリヴィア様……？　あ、オリヴィア様は確か……どの妖精からも祝福されていないと以前……」

なので、お菓子の妖精とはいえ自分のことを祝福してくれたことがとても嬉しい――を通りこして、キャパオーバーになってしまったのだろう。

壊れた機械のような動きをしている。

お菓子の妖精は厨房を見て回り、『おお、これは⁉』『すごい便利な製菓道具がある！』『これ美味しそう～！』と楽しそうにしている。

やはりお菓子から生まれただけあって、夢中になるのもお菓子関連のようだ。

一通り厨房を見てまわった妖精は、こてりと首を傾げた。

『ところで……王様は？』

「え？」

どこにいるの？　というような妖精に、ティアラローズは焦る。

今生まれたのは目の前にいる苺のケーキの妖精だけで、ほかの妖精は見ていない。王様どころか、妖精一人しかいないのだ。

「えーっと……」

『王様いないの？』

むしろあなたが王様だと思っていたと言いたいが、そういえば目の色が金色ではないことに気づく。

――それに、王様は人間サイズ？

キース、クレイル、パール、今いる妖精王たちは全員とも人間と同じサイズで、はたから見たら人間と一緒だ。

こうして考えると、王様も未知に溢れているなとティアラローズは思う。もっとキースに話を聞いておけばよかったかもしれない。

ティアラローズが悩む横で、アカリがピコンと閃《ひらめ》いた。

「ティアラ様のお菓子から生まれたんだから、ティアラ様が王様じゃない？」

『なるほどー！』

「待ってくださいませ⁉」

勝手に人をお菓子の妖精の王様にしないでと、ティアラローズはストップをかける。

そもそも自分には妖精王の自覚はないし、一応人間のつもりだ。さすがに気づかないうちに妖精王になるとは……考えづらい。

「ナイスアイディアだと思ったのにぃ」

アカリがぷくーっと頰を膨《ふく》らませて文句を言ってくるが、はいお任せくださいというわけにはいかない。

「とりあえず……お菓子の妖精王のことはあとで考えるとして、ティアラの魔力を渡せるか確認するのが先かな」

「あ、そうでした」

『魔力？』

妖精は『何なにー？』と首を傾げ、こちらを見てくる。

「実は、わたくしの中に星空の魔力があるのだけれど……それが大きすぎて、上手くコントロールできないの」

『それをわたしが受け取ればいいんだね！　お任せ！』

「ありがとう」

思ったよりもすんなり話が通じたので、さっそく魔力を渡してみることに。

『おてをどうぞ～』

妖精が小さな手を差し出してきたので、ティアラローズはその上に自分の指先をちょんと載せる。

『そ～れっ！』

するると、ぐんっ！　と一気に自分の中の魔力が妖精へ移っていくのを感じた。ティアラローズの花に魔力を注いでいたときとは、桁違《けたちが》いだ。

――すごい！

これなら、自分の中にずっと溜《た》め込んでいた星空の魔力を外へ出すことができる。かなりの量だったのに、ぐんぐんお菓子の妖精へ移っていく。

あっという間に、ティアラローズの中の魔力は少なくなった。体感で言うと、ルチアローズを生む前と同じくらいだろうか。

『どう？』

「すごいです。体も軽くなって、魔力も扱《あつか》いやすくなっている……そんな気がします」

『よかったです～』

もしかしたら、今なら自分の意思で猫になったり人間になったりすることができるかもしれない。

いつ変化してしまうかわからない状態は不安だったが、自分の意思でコントロールできるようになるなら話は別だ。

「魔力を全身に巡《めぐ》らせるイメージで……えいっ！」

ぽんっ！　と音を立てるようにして、ティアラローズが真っ白な猫になった。

お菓子の妖精を生み出し、魔力を吸い取ってもらい安定したことは、ティアラローズにとって予想以上の成果があったようだ。

ドレスのなかから出て『にゃ』と鳴くと、全員が驚いた。


「――ティアラっ⁉」

『わぁっ！』

ティアラローズが猫になると、今まで以上にアクアスティードたちにガン見される。もう何度も猫になっているのに、いまだに落ち着かないのだろうか。

『ふふっ、どうですか？　なかなか上手くできたと――あら？』

「ティアラ様が喋《しゃべ》った！」

「喋りましたけど……アカリ様、もっと驚くべき点があるじゃないですか！」

『え？』

自由に猫になれ、さらには喋れること以外で驚くことがティアラローズには思い浮かばなかった。

体も別に変な感じはしていないし、ドレスもいつものように脱げている。

ティアラローズが不思議そうにしていると、アクアスティードにひょいっと抱き上げられた。

アクアスティードの金色の瞳が、ティアラローズの瞳に移る。

「ティアラの瞳の色が……金色になってる」

『えっ⁉』

つい先ほど人間だったときは普段通りの水色の瞳だったのに、猫になったとたんティアラローズの瞳はその色を金へと変えた。

言われたことがなんだか怖《こわ》くなって、ティアラローズは慌《あわ》ててドレスをくわえて引きずって別室に行き人間の姿になって戻ってきた。

元に戻った人間の瞳は、今までと同じ水色だ。

「アクア、わたくし……っ！」

ティアラローズはおろおろしながら、どうすればいいのだろうと焦る。

「大丈夫だよ、ティアラ。落ち着いて？」

「あ……すみません、わたくしったら」

アクアスティードに手を取られ、優しく引き寄せられた。そのままこめかみに軽いキスをされて、どうにか落ち着いた。

今回のことで導き出される結論はとアクアスティードは考え、その答えを口にする。

「ティアラが猫の姿になったとき、お菓子の妖精王になるみたいだね」

告げられた事実に、ティアラローズは動揺《どうよう》が隠せない。

「そんな、わたくしが妖精の王なんて……!!」

自分にそんな大役、とてもではないが務まる気がしない。

ティアラローズは若干涙目《なみだめ》になりつつ、助けを求めるようにアカリとオリヴィアを見る。しかしアカリやオリヴィアはティアラローズとまったく違う考えだった。

「お菓子を統《す》べる王になるなんて、すごくティアラ様っぽくていいじゃないですか！」

「悪役令嬢だからあきらめていたけれど、もしやお菓子の妖精王に祝福してもらえちゃうんじゃ……」

アカリ、オリヴィアともにティアラローズがお菓子の妖精王になった焦りはないようだ。

というか、むしろどんどん来い！　といった調子だろうか。

お菓子の妖精はティアラローズの頭の上にちょこんと座る。

『もう王様の顔じゃないの？　もっと一緒にいたいのに～！』

しょんぼりした様子の妖精に、罪悪感を覚える。

でも、もし仮に、本当の本当にティアラローズがお菓子の妖精王になったとして……いったい何をすればいいのかがわからない。

――魔力を引き取ってもらうのだから、できることはしてあげたいけれど……。

自分に一体何ができるだろうか。

「妖精さん、わたくしにしてほしいことは……ある？」

『あるよ！　もっとたくさん、お菓子の妖精を誕生させてほしいの！』

「えぇっ⁉」

なんとも責任重大なお願いに、ティアラローズはいったいどういうことだと考える。

「妖精を誕生？　……あっ、もしかしてお菓子を作るっていうことかしら」

『ぴんぽんその通り～！』

大当たりだと、妖精が一生懸命拍手《はくしゅ》を送ってくれる。

この子はショートケーキから生まれ、ほかの妖精もティアラローズが魔力を使ったお菓子から生まれてくるのだという。

「なら、腕によりをかけて作らないといけないわね」

ティアラローズはぐっと拳《こぶし》を握《にぎ》り、気合を入れる。責任重大だ。

「私も手伝うよ。ティアラ一人だと大変だろう？」

「はーい！　私も手伝います！」

「僭越《せんえつ》ながら、わたくしもお手伝いさせていただきますわ。なんと言っても、先ほどお菓子の妖精から祝福をもらいましたし、お菓子なら簡単に作れるはずですわ‼」

『わたしも頑張っちゃうよ〜！』

アクアスティード、アカリ、オリヴィア、お菓子の妖精みんなでお菓子作りを開始する。

クッキーなどの簡単なお菓子から、ザッハトルテなどのケーキ類。マカロンやシュークリームも作り、先ほど作ろうと思っていたジャンボパフェも作り上げた。

星空の魔力をきちんと混ぜながら作ったので、お菓子から星が溢れて妖精たちが次々生まれた。

それぞれがパティシエの帽子をかぶっているけれど、ワンポイントのワッペンは生まれたお菓子の柄《がら》や素材になっているようだ。

お菓子の妖精たちは楽しそうに厨房を走り回り、『これは最高の環境《かんきょう》！』とはしゃいでいる。


――こうして、マリンフォレストに新たな妖精が誕生した。

第五章

愛し愛され幸せに

マリンフォレストに新たな妖精《ようせい》が誕生したことは、国民に一気に広がった。というのも、お菓子《かし》の妖精たちが街へ行ってお菓子好きの人たちに祝福をしていったからだ。

パティシエ姿の可愛《かわい》らしい妖精はすぐに受け入れられ、人間と妖精が一緒《いっしょ》にお菓子を作る光景もよく見られるようになった。

ティアラローズはお菓子の妖精に星空の魔力《まりょく》を定期的に渡《わた》すことで、魔力が安定した。それにより、人間と猫《ねこ》、自在に姿を変えられるようになった。

ちなみにこの星空の魔力は、お菓子作りに使われるというティアラローズとお菓子の妖精らしい楽しいサイクルだ。

最近は、猫の姿でアクアスティードの膝《ひざ》に乗って甘やかしてもらうのがお気に入りだったりする。

「ティアラ、ブラッシングしていい？」

『にゃ』

アクアスティードの問いに頷《うなず》いて、猫のティアラローズはソファに転がる。ブラッシングは気持ちがいいので、いつまででもしていてほしい。

寝室《しんしつ》では、シュティルカとシュティリオがお昼寝《ひるね》中だ。

優《やさ》しく、でもちょっと力強くブラッシングされている間はいいのだが——実は問題が一つある。

ダダダッと足音が聞こえ、ティアラローズの耳がぴくりと動く。

——来た！

「お母さま〜！」

部屋の扉《とびら》を開けて入ってきたのは、ルチアローズだ。彼女も、猫のティアラローズが好きな一人。

白くてもふもふな猫を抱《だ》っこしたいと、大きな瞳《ひとみ》をキラキラさせている。

ちなみにブラッシングをしたいという申し出があったときにしてもらったら、思いのほか力が強くて大変な目にあったのは内緒《ないしょ》だ。

なので、何かある前にティアラローズは自分からルチアローズにすりよっていく。そうすると嬉《うれ》しいらしく、へらりと笑ってくれる。

「お母さまかわいー！　騎士《きし》になって守ってあげる！」

『とっても頼《たの》もしいわね、ルチア』

「えへへ」

ティアラローズの言葉に照れて、ルチアローズは剣《けん》を振《ふ》り回《まわ》す仕草をして見せる。普段《ふだん》騎士の鍛錬《たんれん》などを見ているせいか、そこそこ様になっているのがすごい。

――ルチアの将来のこと、ちゃんと考えないといけないわね。

女性の騎士がいないわけではないが、王女の騎士など聞いたことがない。反対するつもりはないけれど、きっと厳しい道のりになるだろう。

ルチアローズのエア剣技《けんぎ》を見ていると、再びタタタタタッと走ってくる音が聞こえてきた。今度は大人のようだ。

――アカリ様かしら？

走ってくる大人といえば、アカリ以外に考えられない。

それか、緊急《きんきゅう》事態が起きてエリオットか騎士が訪ねてくるようなときだろうか。

全員が扉の方に視線を向けると、予想に反して見張りの騎士との口論のような声が聞こえてきた。

「ですから、すぐにでもティアラとアクアに会いたいんです！」

「訪問のお約束は聞いていませんし、あなたの身分もわかりません。申し訳ないですが、同行していただきます」

「そんなぁ……」

――アカリ様じゃない？

どちらかというと、高く可愛らしい声。

「……？」

部屋に入ろうとして、騎士に止められてしまっているようだ。

この時間はタルモも外に立っているはずなので、ティアラローズと親しい間柄《あいだがら》の人が訪ねて来たわけではないようだ。

ティアラローズは人間の姿に戻《もど》り、ドレスを着てソファに座り直す。

「騎士に任せておけば対処してくれるよ」

だから気にしなくていいし、あとで報告があるだろうとアクアスティードが言う。

ティアラローズに異論はないが、扉の外から聞こえてきた声はどこか聞き覚えのあるもので……頭を悩《なや》ませる。

「それはそうなのですが、あの声……ちょっと違和感《いわかん》があるというか……あ！　リリア様の声じゃありませんか？」

「リリアージュ様の？」

言われてみれば、どこか感じが違うようにも思うが確かにリリアージュの声だとアクアスティードも納得する。

「見てくるから、ティアラは座っていて」

「はい」

アクアスティードが確認《かくにん》しに扉へ行くと、「アクア！」とすぐに元気な声が返ってきた。

そして一緒に、「助かったよ」というフェレスの声も。

「やっぱりリリア様だったのね」

「わんちゃん！」

「……リリア様よ、ルチア」

「リリア様！」

「そう、上手《じょうず》ね」

リリアの名前をちゃんと呼べたことを褒《ほ》めると、ルチアローズはえへへとはにかむ。

「ご挨拶《あいさつ》をしましょうね」

「はい！」

二人がソファから立ち上がると、ちょうどアクアスティードたちが部屋へ入ってきた。

しかしそこには、見知らぬ女の子が一人。

「……？」

記憶《きおく》にない人物だ。

しかしその女の子は、ティアラローズを見るとぱあぁっと表情を輝《かがや》かせてこちらに駆《か》け寄《よ》ってきた。

「ティアラ……っ！」

「え……っ⁉」

感極《かんきわ》まった様子の彼女は、ティアラローズに抱きついてきた。背はティアラローズより少し低いくらいの、黒髪《くろかみ》の女の子。

いったい何事と思い扉の方を見ると、アクアスティードとフェレスが二人揃《そろ》って嬉しそうに笑っている。

「え……っと……？」

すると、その答えは抱きついてきた女の子から返ってきた。

「わたしです、ティアラ！」

「その声……って、え、リリア様⁉」

「はいっ！」

正解ですと、とびきりの笑顔《えがお》で応《こた》えるリリアージュ。

ぱっちりとした瞳に、くるくるっと天然パーマの黒のロングヘア。幾重《いくえ》ものレースに飾られた紫色《むらさきいろ》のドレスは、彼女の印象を優しいものにしている。

「昼寝から起きたら、なぜか人間の姿に戻っていたんです！　それで、フェレスと一緒に慌《あわ》ててティアラに会いにきたんですよ」

リリアージュがことのいきさつを説明してくれる。

人間の姿に戻ったのは、おそらくティアラローズがお菓子の妖精を作り、星空の魔力を渡して自身の魔力を上手《うま》く調整できるようになったからだとリリアージュは話す。

ティアラローズの星空の指輪は、リリアージュとフェレスの力を安定させる役割も持っている。そのため、ティアラローズと同じようにリリアージュも安定したのだろう。

「人間に戻るのはもう、あきらめていたんです。それなのに、こんな奇跡《きせき》……ありがとう、ティアラ。あなたはわたしの恩人です」

「……リリアージュ様」

リリアージュの宝石のような美しい瞳に涙《なみだ》が浮《う》かぶのを見て、ティアラローズも目元がじんわりする。

ずっとずっと怪物《かいぶつ》の姿のまま、さらに地下に封印《ふういん》されていたときは、大好きな人と会話をすることもできないまま――長い間寂《さび》しく過ごしてきたリリアージュ。

人間の、本来の姿で触《ふ》れ合《あ》うことができるようになってとびきり嬉しいのだろう。

紅茶を用意して落ち着くと、ティアラローズたちはお菓子の妖精についての話――とい

うよりも、再確認を始めた。

「お菓子の妖精が誕生したことで、私たち四人の魔力はとても安定しているね。ティアラローズが魔力を渡し忘れでもしなければ、ほぼ問題はないだろう」

「はい」

フェレスの言葉に、ティアラローズは頷く。

お菓子の妖精の数は少ないけれど、これからお菓子を作る度に生まれてくるのならば……数が増えるのもあっという間だろう。

今も実は、部屋の窓辺でお菓子の妖精はクッキーを食べながらのんびりしていたりする。

『大丈夫《だいじょうぶ》、王様が忘れてたらもらいに行くから！』

『魔力はお菓子を作るのに大切なの～』

お菓子の妖精はテンションが高いようで、製菓《せいか》道具をぶんぶん振っている。木べらを持って魔力を取り立てにきてくれるのかな？　と考えると、なんだか可愛い。

「ありがとう、とっても助かるわ。……でも」

『？』

ティアラローズはしどろもどろになりつつ、妖精を見る。

「わたくしを王様と呼ぶのはやめてもらいたいというか……」

『えぇ……』

さすがに誰《だれ》かれ構わず大勢の前で『王様〜！』と呼ばれるわけにはいかない。国王であるアクアスティードの妃《きさき》でもあるので、国民たちが混乱してしまう。それに、ティアラローズ自身も王としての自覚はあまりない。

――猫になったら瞳の色は金色になるけれど……今は普段通りの水色だもの。

ティアラローズが理由を説明すると、多少のブーイングはありつつも妖精たちは了承《りょうしょう》してくれた。

『でもでも、猫のときは本当に王様だから王様って呼ぶよ！』

『これは譲《ゆず》れないっ!!』

『猫のティアラは私たちの王様！』

お菓子の妖精が製菓道具でびしぃっとこちらを指してきた。

「わかったわ。それくらいなら、まあ……」

猫の姿で王様と呼ばれるくらいなら、周囲におかしな噂《うわさ》などは流れないだろう。

ティアラローズが了承すると、妖精たちは『やったぁ〜！』と踊《おど》り出す。やはり自分たちの王様がいるということは、嬉しいのだろう。

次に、フェレスが口を開いた。

「私たちは数ヶ月ほどこのまま滞在《たいざい》して、そのあとまたマリンフォレストと……周辺諸国を旅してみようと思うんだ」

しばらく滞在するのは、星空の王の力が継続的《けいぞくてき》にきちんと安定するかを見るためと……ティアラローズとアクアスティードの子どもたちと交流を持ちたいからだ。

孫を可愛がるおじいちゃんとおばあちゃんのような二人に、ほっこりする。

「初代国王に国を見られるというのは、なんともこそばゆいものですね」

「そうかい？　私はとても誇《ほこ》らしいよ」

もっといろいろなものを見てみたいし、これからの国の発展を楽しみにしているとフェレスが言ってくれる。

「それと……私たちが帰ってきたのは、二人の状態を見たかったというのもあるんだ」

星空の王の魔力がティアラローズとアクアスティードにどのように作用しているか、経過を見るには数年が必要だったのだ。

結果として――アクアスティードは星空の王になったことにより、その魔力はどんどん強くなっていった。身体能力の面でも、以前よりかなり高くなっているはずだ。

ティアラローズはアクアスティードから星空の王の指輪を通して魔力を受け取るだけなので別段変わりはないが、猫になってしまうという現象が起こった。

けれど一番大きな変化は――二人がいつまでも若いということだろうか。

「私とリリアを見ればわかるように、星空の力は人間という理《ことわり》から簡単にはずれてしまう。ただ、試《ため》していないから――死というものがあるかないかは、私たちにもわからない」

不老不死なのか、ただ不老であるだけなのか。

それを試す必要がないということは、きっと不幸中の幸いなのだろう。

「恐《おそ》ろしいかい？」

静かに紡《つむ》がれたフェレスの言葉に返事をしたのは、ティアラローズだ。

「いいえ。わたくしはマリンフォレストの王妃《おうひ》です。アクアの隣《となり》に立つと決めたときから、王族としての覚悟《かくご》はとうにできております」

「……そうだったね」

真《ま》っ直《す》ぐ告げたティアラローズの言葉に、フェレスは微笑《ほほえ》む。

以前も、フェレスと会ったときにティアラローズは自身の覚悟を述べている。それは今も揺《ゆ》らぐことなく、心にある。

リリアージュがティアラローズの手を取り、「ありがとう」と礼を述べた。

「フェレスが造った国を愛してくれたこと、感謝しかありません」

「素敵《すてき》な国をありがとうございます、リリア様。フェレス殿下《でんか》」

「ティアラ……！」

飛びついてきたリリアージュをぎゅっと抱きしめて、ティアラローズは笑う。リリアージュは、小さな怪物だったときの癖《くせ》がまだ抜《ぬ》けていないようで、体が先に飛びついてしまうようだ。

けれど、そんな彼女の温《ぬく》もりが好きだなとティアラローズは思った。

「あ～！」

甘くいい匂《にお》いにつられて、ハルカはぐぐーっと両手を伸ばす。

摑《つか》もうとしているのは、目の前にあるたくさんのお菓子。二歳のハルカも、すでにお菓子の美味《おい》しさを知ってしまっているのだ。

アカリはそんなハルカを抱きかかえ直す。

「駄目《だめ》よ、あれは妖精さんのお家《うち》になるんだから」

アカリとハルカがいるのは、王城からほど近い街の中。

今ここで、お菓子の妖精の住《す》み処《か》を作っている最中だ。

街の広場に、スイーツ店と同じくらいの大きさのお菓子の妖精の住み処をトントンカンカンと作っている。

妖精の王は、それぞれ自分の住み処を持つ。キースは森の中の城、クレイルは空の上の神殿《しんでん》、パールは海の中の宮。

お菓子の妖精の住み処はお菓子が溢《あふ》れる街の中、その形態は――お菓子の家だ。


お菓子の家づくりの材料は、もちろんお菓子だ。

チョコレートでできたドアに、クッキーのレンガ。柱の部分はチュロスになっていて、照明飾《かざ》りは飴《あめ》細工。

このお菓子の家をデザインしたのはティアラローズで、工事の指揮も執っている。

せっせとお菓子を作り組み立てる妖精と、その手伝いに集まってくれた大勢のパティシエやお菓子作りの手伝いをしたい人たち。

お菓子の家は、大勢の人の助けを借りて少しずつ出来上がってきていた。


――でも、食べたくなっちゃう気持ちはすごくわかる！

正直に言って、お菓子の家はとても美味しそうだ。

「っていうか妖精たちったら食べてるじゃない⁉」

よくよく見てみると、作ったお菓子の家をお菓子の妖精自《みずか》ら『うわあぁ、美味しそう！』と言いながらモグモグしているではないか。

食べたところはすぐに修復しているのだけれど、その都度『こうした方が美味しいかも！』と改良も重ねているのがすごい。

「……とはいえ、邪魔《じゃま》したら駄目ね。私たちが食べるお菓子は、ティアラ様に作ってもらいましょ」

「あー！」

「妖精の加護もゲットしたし、ラピスラズリに戻ったら私がハルカに作ってあげるわね！」

アカリはハルカのおでこにキスをして、王城へ戻った。


「我が名はルチアローズ！　マリンフォレストの騎士である！　とおー！」

「ううぅっ、やられ……た……っ」

ルチアローズがおもちゃの剣を振りかざすと、レヴィがばたりと倒《たお》れてみせた。騎士にやられる悪者役だ。

騎士ごっこに付き合ってルチアローズと遊んでいるだけなのだが、白目で倒れたレヴィを見てさすがのルチアローズも怖《こわ》がっている。やりすぎだ。

すぐ近くの芝生《しばふ》の上では、オリヴィアがシュティルカとシュティリオと一緒におもちゃで遊んでいる。

「はぁぁ～、二人ともとってもいい子だわ！　さすがはティアラローズ様とアクアスティード陛下《へいか》のお子様っ！」

大人しくボールを転がしている二人を見て、オリヴィアは天にも昇《のぼ》る気持ちだ。

「オリヴィア、少し休憩《きゅうけい》にしましょう。ティータイムの準備をいたします」

「そうね、お願いするわ」

レヴィが準備をしている間に、オリヴィアは子どもたちの手を洗ってティーテーブルまで移動する。

オリヴィアは空を仰《あお》いで、一息ついた。

レヴィが紅茶と一緒に小さなお菓子の家を持ってきた。これは、初めて妖精の加護を得たオリヴィアがはりきってレヴィと一緒に作ったものだ。

「わー、お菓子のおうち！」

「ふふっ、わたくしとレヴィの手作りよ」

「ありがとう！」

「オリヴィアの執事《しつじ》ですから、これくらい当然です」

クッキーやチョコレートで作られたお菓子の家はとても可愛くて、ルチアローズやシュティルカとシュティィリオに大人気だった。


妖精たちがお菓子の家を建てている中、ティアラローズとアクアスティードはアイシラとカイルの結婚式《けっこんしき》に参列していた。

海辺にある小さな教会で、身内と仲の良《よ》い友人を招待した質素だが温かい式。

パールラント公爵《こうしゃく》の許しは得ているので、大聖堂で大々的に執《と》り行《おこな》っても……という話もあったらしいのだが、それはアイシラが辞退したのだという。

その理由は、この教会がカイルと恋《こい》を育み始めた思い出の場所であり、未熟な自分たちにちょうどいいと思ったからのようだ。

「はあぁぁ～、素敵なエンディングですわ～～！」

アイシラが入場するのを見て、オリヴィアが大粒《おおつぶ》の涙をこぼした。前が見えていないのではというほどの涙は、レヴィがハンカチで拭《ふ》いている。

「オリヴィア、それ以上興奮すると鼻血も出ます」

「それは大変だわ！　気をつけなきゃ!!」

――地獄《じごく》絵図です……。

オリヴィアとレヴィの会話にそっと心の中でツッコみを入れてしまったが、許してほしい。号泣《ごうきゅう》しながら止まらない鼻血は控《ひか》えめに言っても大事だ。

ティアラローズはオリヴィアにはレヴィがいるからと、式に集中することにした。

純白のウエディングドレスは珊瑚《さんご》があしらわれていて、海を連想するデザインに仕上がっている。

幾重にも折り重なったヴェールはアイシラを大人びて見せ、年齢《ねんれい》だけではなく人間としての成長も垣間《かいま》見える。

純白のタキシードのカイルはガチガチに緊張《きんちょう》しているようで、右手と右足が一緒に出てしまっている。

けれどカイルのそんなところも、アイシラにとっては愛《いと》おしいのだろう。

ティアラローズは隣に座るアクアスティードに「いいお式ですね」と微笑む。

「そうだね。これから先、大変なこともたくさんあるだろう。だけど、今日のことを思い出せばきっと乗り越えられると……そう思うよ」

「……そうですね」

平民のカイルには、これから先とてつもない苦難の道が待っているかもしれない。だが幸いなことは、アイシラの執事だったため、知識はあることだろうか。

次期パールラント公爵がアイシラか別の誰かかは明言されていないけれど、そうなった場合は彼女を支えてくれるだろう。

——二人に何かあったときは、わたくしも力になりたい。

アイシラはアクアスティードに片想《かたおも》いしており、ティアラローズの結婚式での告白や、惚《ほ》れ薬を飲ませる……など彼女のイベントはハラハラすることが盛りだくさんだった。

それをすべて許せるか——と言われたらティアラローズも答えに困ってしまうけれど、それらすべては乙女《おとめ》ゲームのイベントだったことも理解している。

アイシラはそのときのことを悔《く》やみ、処分も受けてはいるが……後悔《こうかい》が消えることはきっとないだろう。

もしかしたら、逃《に》げ出《だ》したかったかもしれない。

けれどアイシラは海の管理を続け、ここ数年も新種の珊瑚や魚を発見したりと、マリンフォレストに大きく貢献《こうけん》してきた。

ティアラローズは無意識の内に手を組み、祈《いの》る。

「どうかアイシラ様とカイルに、幸せな未来が待っていますように――」

無事に式が終わり、ティアラローズとアクアスティードはアイシラとカイルの下へお祝いの挨拶をしに行った。

料理が振舞《ふるま》われ、周囲では招待客がお酒を片手に楽しく歓談《かんだん》している。

主役の二人を見つけ、ティアラローズが声をかけた。

「アイシラ様、カイル、ご結婚おめでとうございます」

「おめでとう、二人とも」

「ティアラローズ様、アクアスティード陛下、ありがとうございます」

「ありがとうございます!!」

アイシラはとても幸せそうで、時折カイルと目配せをしている様子がとても可愛くて微笑ましい。

カイルはアクアスティードが来たこともあり、ガチガチに緊張して背筋がピーンとなっている。

「本日はお忙《いそが》しいなか、ご足労いただきありがとうございます」

「祝いの席なのだから、喜んで駆けつけるよ。ねえ、ティアラ」

「はい。幸せそうなアイシラ様を見て、わたくしもとっても幸せな気持ちです」

ティアラローズの言葉に、アイシラはほんの少しだけほっとしたように胸を撫《な》でおろす。

やはり、今まで多大な迷惑《めいわく》をかけたティアラローズとアクアスティードを招待するのは勇気のいることだったのだろう。

アイシラは目に薄《う》っすら涙を浮かべて、「ありがとうございます」と微笑んだ。

「わたくしとカイルはパールラント家の敷地《しきち》内にある離《はな》れで生活いたします。海のすぐ側《そば》ですので、これからもいっそう国のために尽力《じんりょく》させていただきます」

「私も未熟ではありますが、アイシラ様を支え、この国のために精一杯《せいいっぱい》のことを行っていけたらと思っています」

自分たちの誓《ちか》いを口にした二人に、アクアスティードは頷く。

「マリンフォレストの海を、よろしく頼む」

「――はい」

決意あるアイシラの声色《こわいろ》に、アクアスティードはもっともっと海は発展していくだろうと思うことができた。

アイシラの結婚式から数日後。

お菓子の妖精のお菓子の家は、まだ建設の最中だった。

作っては食べるを繰《く》り返《かえ》すお菓子の妖精たちに、ティアラローズは頭を抱《かか》えていた。

「いえ、その度にお菓子が美味しくなっているようだし……きっといいことなんだわ」

その分お菓子の家の完成が遠のいたとしても。

ちなみにお菓子の家が完成するまでの間、お菓子の妖精たちはティアラローズの部屋で寝泊《ねと》まりしている。

森の妖精たちが花のベッドをたくさん用意してくれて、そこに総勢三十人ほどのお菓子の妖精がいるのだ。

『ん～壁《かべ》のチョコレート、美味っ！』

『こっちの窓枠《まどわく》は、ココア味にしてもいいかも！』

『それいいねー！』

お菓子の妖精はティアラローズの苦労を知ってか知らずか、欲望のままにお菓子の家を食べていっている。

「これは完成までしばらくかかりそうだね」

「アクア……せっかく街中のいい土地を用意していただいたのに、すみません」

「それは気にしなくていいよ。街中に妖精が住んでいたら、それだけで人々に活気が生まれるからね」

だからお菓子の家の完成も急がずゆっくりでいいと、アクアスティードは微笑む。

「ありがとうございます」

――そうよね、せっかくだから素敵なお家がいいものね。

「……でも、待って」

「ティアラ？」

「あの子たちは、きっと完成しても食べて作り直してを繰り返すわ……」

ティアラローズの言葉を聞き、それは否定できないなとアクアスティードは思う。けれど、そういった自由も含《ふく》めて妖精だ。

しかしティアラローズの考えは、アクアスティードと違うところにあった。

「つまりこのお菓子の家は、常にスイーツの最先端《さいせんたん》……!? 妖精たちはお菓子作りが上手だし、いろいろな人のところにいって一緒にお菓子を作っている……」

生まれたばかりのお菓子の妖精だが、多くの人と関わることでお菓子に関する知識や腕《うで》が爆速《ばくそく》で上がっていっているのだ。

その事実に辿《たど》り着《つ》いたティアラローズは、お菓子の家がより一層楽しみになった。そして可能であれば、毎日のように食べに行きたい……とも。

でもそうなると——お菓子の家は、きっと一生完成形にはならないのだろう。


お菓子の家は妖精たちに任せて、ティアラローズとアクアスティードは王城に戻ってきた。子どもたちは、まだオリヴィアが面倒《めんどう》を見てくれている。

ティアラローズの部屋には休憩しているお菓子の妖精がいるので、アクアスティードの自室にやってきた。

「お茶を淹《い》れるから、座っていて」

「それならわたくしが——」

「いいから。ティアラはお菓子の家の指示で疲《つか》れているんだから、ゆっくりしていて？」

問答無用でソファに座らされてしまったので、ティアラローズは大人しく甘えることにした。

——アクアの自室、久しぶりに入ったわ。

普段はティアラローズの部屋にいるので、アクアスティードの部屋に入る機会はあまりないのだ。

ティアラローズの部屋は子どものおもちゃがたくさんあるけれど、アクアスティードの部屋は片付いていてシンプルだ。

大人の男性の部屋……という感じで、相手は夫だというのになんだかいつもよりドキドキしてしまう。

「お待たせ」

「ありがとうございます」

アクアスティードの淹れてくれた紅茶を飲んで、肩《かた》の力を抜く。

「アクア……いろいろと、ありがとうございました」

「うん？」

「……猫になってしまったことや、その際のわたくしの公務のスケジュール。それから、お菓子の妖精たちのことも」

今回はアクアスティードにたくさん助けてもらった。

ティアラローズはそのお礼を告げたかったのだが、アクアスティードにとってそれは当然のことなので、礼なんて必要ない。

というより。

「どちらかといえば、すべての原因は星空の魔力だし……私が謝罪するべきだ」

「いいえ！　それはアクアのせいではありません!!」

きっぱり反論してきたティアラローズに、アクアスティードは笑う。

「なら、ティアラのせいだっていうことも一つもないね」

「あ……」

アクアスティードの返しに、反論できなくなってしまった。

「ただ……さすがに今回は焦《あせ》ったよ」

「え？」

「リリアージュ様の意識のない怪物になるという前例があったからね。ティアラの前では平常心を心掛《こころが》けたけど、気が気じゃなかった」

素直《すなお》に話して気が抜けたからか、アクアスティードはティアラローズの肩に頭を寄りかからせる。

だからこうして隣で笑ってくれているだけで、今は何より嬉しくて幸せなのだとアクアスティードが話してくれた。

——アクアはわたくしが猫になってすぐ、怪物になってしまう可能性を考えてくれていたのね。

誰よりも、自分のことよりも、ティアラローズのことを考えてくれていた。

朝早く、夜が遅《おそ》かったのも……すべて、ティアラローズのため。そう思い返すと、アクアスティードのことが愛おしくて仕方がなくなる。

ティアラローズは寄りかかっているアクアスティードのことをぎゅっと抱きしめた。

「ありがとうございます、アクア。わたくし、自分のことだというのに……危機管理が足りませんでしたね」

アクアスティードの隣にいると、真綿にくるまれたような気持ちになる。いつもいつも、ティアラローズが気づく前にそっと助けてくれる。

「別にいい。ティアラのことは、私が守ると決めているから。むしろ、私の側であれば油断しきってくれたっていいくらいだ」

くすりと笑って、アクアスティードはティアラローズの前髪を指先で持ち上げて、あらわになった額にキスを落とす。

そのまま鼻先、こめかみ、頰《ほお》と触れて、最後に唇《くちびる》へ辿りつく。

ティアラローズが体の力を抜くと、簡単にソファへ押し倒されてしまった。

「ん……っ」

腕を伸ばしてアクアスティードの背中を抱きしめ、キスを受け入れる。優しいキスは深さを増して、甘くなっていく。

「あく、んっ」

「……ごめんね、喋《しゃべ》る余裕《よゆう》はあげられそうにない」

「――っ！」

唇が離れて、けれど触れ合うほど近い距離《きょり》でアクアスティードが言葉を発して、ぞくりとしたものがティアラローズの体を駆け抜ける。

細められたアクアスティードの金色の瞳と目が合って、ドキドキする心臓の鼓動《こどう》は一気に加速していく。

ここ最近は猫になってしまったり、お菓子の家やアカリが訪ねてきたりと……二人でゆっくりする時間はいつもより少なかったかもしれないとティアラローズは思い返す。

「猫のティアラも可愛いけど、さすがにこんなことはできないからね」

「そ、それはっ、んっ」

ティアラローズが恥《は》ずかしくなって反論しようとしたけれど、あっさりと再びアクアスティードに口を塞《ふさ》がれてしまった。

本当に、喋らせてはくれないようだ。

――アクアに全部、食べられてしまいそう。

けれど、相手を求めているのは自分だって同じだ。

ティアラローズはアクアスティードに強く抱きついて、深いキスに応える。もっとずっと、このまま口づけていたい。

どろどろに溶《と》かされるくらい甘やかされたら、どんなに幸せなことだろうか。

「アク――ん」

名前を呼ぼうとして、けれど食べるように口づけられて言葉を飲み込まれてしまう。

――名前も呼べない。

でもそれほど愛してもらえることが、これ以上にないほど幸せで。

「……ん」

甘い吐息をもらして、ティアラローズはアクアスティードに抱きつく力を強める。喋ることができないのならば、態度で示せばいい。

鍛《きた》え抜かれたアクアスティードの体は、服越しでも触れるとドキドキしてしまう。

――好き、大好き。

言葉以外で、どうやったらこの想いをもっと伝えられるのだろう。愛しているのだと、何度でも伝えたいのに。

ティアラローズはアクアスティードの腕の中でもそもそ動いて、背中に回していた手を肩口に持ってきた。

「ティアラ……？」

どうしたの？　と、アクアスティードがティアラローズの手を取る。

「そ、その……わたくしからも、キスをしたいな……と」

「うん？」

ティアラローズの言葉に、アクアスティードの頬が緩《ゆる》む。なんて可愛い提案をしてくれるのだろう、と。

両の手でアクアスティードの頬を包み込んで、額にキスを送る。そのまま目元、鼻、頬と。アクアスティードがしてくれるのと同じように、たくさんのところに。

そのままアクアスティードの頭へ手を回して、自分の方へ来てくれとばかりに引き寄せて――唇に触れる。

「……なんだか、照れてしまいます」

「そう？　私はもっとしてくれてもいいくらいだけど……？」

「～～っ！」

ティアラローズの精一杯だというのに、「足りない」なんて言われたらもうお手上げだ。

真っ赤になったティアラローズを見て、アクアスティードは笑う。

「それじゃあ……次は、私の番だね」

「――っ！」

自身の唇をぺろりと舐《な》めたアクアスティードの声はいつもより低く、子どもたちには決して見せない色を含んだ笑《え》みを浮かべた。

――これはしばらく離してもらえそうにないかもしれない。

そんな風に思いながらも、ティアラローズは再びアクアスティードの背に腕を回した。

エピローグ

新たなマリンフォレスト

「お菓子《かし》の妖精《ようせい》さん、一緒《いっしょ》にクッキーを作ってくれる？」

『もちろん！』

少女がお菓子の妖精に声をかけると、満面の笑《え》みで答えが返ってくる。お菓子の妖精は、人間のことが大好きな妖精だ。

街では、お菓子の妖精に祝福してもらった人が大勢いる。

今まで料理に興味のなかった男性がスイーツ作りの楽しさに気付いたり、食事の時間を大切にするようになったり、加えて全体的にお菓子類の売り上げが伸《の》びていたりする。

おそらく半年後、一年後と、どんどんスイーツ店ができてくるだろう。

マリンフォレストの街は、お菓子の幸せな匂《にお》いに包まれている。

数ヶ月という時間をかけて、お菓子の妖精の住《す》み処《か》である『お菓子の家』がどうにかひとまずの完成形になった。

ただ、お菓子の妖精が時折食べては作り直して……というのを見かけるけれど。

とはいえ、今日は完成を記念しお菓子の家でパーティーを開いている。

「お母さま、この壁《かべ》美味《おい》しい……！」

「きゃー！　ルチア、食べたら駄目《だめ》でしょう⁉　わたくしだって我慢《がまん》していたのに……っ‼　ではなくて！　そこは壁なのよ‼」

なんと羨《うらや》ましい……ではなかった、お行儀《ぎょうぎ》の悪い。

しかしティアラローズが注意をするも、妖精たちは『すぐ修復だ〜！』と言って食べたそばから新しいお菓子で作り直してしまう。

『お菓子の家なんだから、好きなだけ食べて大丈夫《だいじょうぶ》！』

『わたしたちの魔法《まほう》で、お菓子はずーっと新鮮《しんせん》で綺麗《きれい》なままっ！』

「そ、そうだったの……」

なんとこのお菓子の家のコンセプトは、好きなだけお腹《なか》いっぱい召《め》し上《あ》がれ……だったらしい。しかも賞味期限の心配がないとは羨ま……いや、すごい。

「さすがはお菓子の妖精だ」

隣《となり》で見ていたアクアスティードが、くすりと笑う。

「そうですね。お菓子の家は憧《あこが》れですが、本当に食べてしまうとは……」

なら自分も食べてしまおうか……そう考えていたら、フェレスとリリアージュに声をかけられた。

「お菓子の家の完成おめでとう、ティアラローズ」

「おめでとう、ティアラ！」

二人は大きな花束を用意してくれていて、それを受け取る。色とりどりの可愛《かわい》らしい花束は、お菓子の家にぴったりだ。

「ありがとうございます」

ティアラローズが笑顔《えがお》でお礼を伝えると、リリアージュも笑顔を返してくれる。

「旅立ちの前に、こうして時間を取れてよかったです。お菓子の妖精のお菓子の家にご招待してもらえたのは、驚《おどろ》きましたけど」

「今までで一番友好的な妖精だね。さすがは、スイーツと国を愛している王妃様《おうひ》というところかな？」

フェレスが持ち上げてくるので、ティアラローズは「大袈裟《おおげさ》です」と首を振《ふ》る。

「ですが、この国を愛している自信は自負しております」

「うん。そう言ってもらえると、嬉《うれ》しいね。リリア」

「はい」

フェレスとリリアージュの二人は、明日ここを旅立つ。

再びマリンフォレストを巡《めぐ》る旅をして、今回は他国にも足を延ばすつもりだと聞いている。

この数ヶ月間は賑《にぎ》やかで楽しかったので、寂《さび》しくなるとティアラローズは思う。

「また近くに来たら遊びに寄りますね」

「はい！　絶対ですよ、リリア様。わたくし、楽しみにお待ちしていますから」

「もちろんです」

ティアラローズとアクアスティードは、フェレスとリリアージュと握手《あくしゅ》を交《か》わした。

「は～まさか本当に新しい妖精が生まれるとは思わなかったぞ」

「私も驚いたよ」

「しかし菓子の妖精とは、ティアラローズらしいの」

お菓子の家完成パーティーに招待されたキース、クレイル、パールの三人はお菓子の妖精のことを観察する。

自分たち以外の妖精に出会うことなんてないと思っていたので、ただただ興味深い。

「今回のことは、しっかり記録しないといけないね。キース、任せられるか？」

「あー、森の書庫か。ってか、ここ数年のこと……ティアラが来てからか。いろいろなことが起こりすぎてるから、さすがにそろそろまとめておかないとまずいな」

面倒《めんどう》くさそうに言うキースに、クレイルは飽《あ》きれたとため息をつく。

「てっきり、とっくにまとめているものだと思っていたよ……」

「ハハハ、忘れてた」

「まったく、お主らしいと言えばそうじゃが……ため込むと面倒ぞ」

「それもそうだな」

パーティーが終わって城に帰ったら、書庫を捜《さが》してみるかとキースは肩《かた》をすくめた。

あとがき

こんにちは、ぷにです。『悪役令嬢《れいじょう》は隣国《りんごく》の王太子に溺愛《できあい》される13』、お手に取っていただきありがとうございます！

なんと今回の十三巻は、『悪役令嬢は推《お》しが尊すぎて今日も幸せ2』（オリヴィアが主人公の隣国スピンオフ）と同時発売です。頑張《がんば》って書きましたので、どちらも楽しんでいただけると嬉《うれ》しいです。

十三巻は、十二巻から三年後のお話です。

かなり時間が経過してしまっているのですが、子どもたちのことも書きたい！　と思うと、このくらいになってしまいました。

子どもたちはもちろん、アカリやフィリーネのことなども書くのはとっても楽しいのですが、あまり書きすぎるとティアラローズとアクアスティードのシーンが減ってしまうので悩《なや》みどころです。

この空白の三年間の話をどこかの機会で書きたいと思いつつ、ＳＳだと確実に文字数が足りませんね……（笑）。

最後に謝辞を。

編集のO様。今回もスケジュール管理をありがとうございます！　ゲラにアン●ンマンチョコが入っていたのには驚《おどろ》きましたが、美味《おい》しく食べて元気をいただきました〜！

成瀬《なるせ》あけの先生。新キャラのお菓子《かし》の妖精《ようせい》が想像通り&とっても可愛《かわい》くて、ラフのときから完成を楽しみにしておりました。ラブラブなティアラローズとアクアスティードも見ていてにやにやしてしまいます。ありがとうございます！

本書の制作に関わってくださった方、お読みいただいた読者の方、すべての方に感謝を。

次巻も楽しいものをお届けできるよう、頑張ります！

ぷにちゃん

番外編　たまには夫婦でのんびりと

カポーン……。

静かな大自然に囲まれ、夜のとばりの中で聞こえるのはししおどしの音だけ。

――マリンフォレストに竹なんてあったかしら？

かぽんと動くししおどしを見ながら、ティアラローズは見た記憶《きおく》はなかったような……と考える。

「でも、あの執事《しつじ》が用意したのだから考えても無駄《むだ》ね」

あの執事――レヴィはなんでもやってのけてしまうので、竹くらいで驚《おどろ》いていたら心臓が持たないだろう。

「はあああぁ……」

ティアラローズは浴槽《よくそう》の縁《ふち》に腕《うで》を置いて、リラックスする。

そう、ここは温泉だ。

ことの発端《ほったん》は十日ほど前。

オリヴィアが「スケジュール調整できましたわ！」と誇《ほこ》らしげに報告してきたところから始まった。

「アクアスティード陛下《へいか》のスケジュールも合わせていますから、二泊《はく》三日で行けます」

「……？　どこに行くの？」

泊《と》まりが必要な公務は直近では何もなかったはずだが……と、ティアラローズは頭の上にクエスチョンマークを浮《う》かべる。

「あら、ティアラローズ様ったらお忘れですか？」

「え、ええ……？」

さも当然のように言うオリヴィアに、ティアラローズはいったい何を忘れているのだと頭を悩《なや》ませる。

視察の予定はなかったし、公務で遠出の予定もない。しいて言うならスイーツ店の食材を探しに行きたいと言ったが、それはもう少し後の予定だったはずだ。

「……ごめんなさい、忘れてしまったみたい。なんの予定だったかしら」

「温泉ですわ、ティアラローズ様」

――なんて？

オリヴィアの返事に、ティアラローズの思考が止まる。

温泉の話なんてしたことはない――と考え、いや、一度だけ話題に上ったことを思い出す。

仕事で酷使《こくし》しすぎたせいで酷《ひど》い肩《かた》こりになったティアラローズのために、オリヴィアが温泉があればいいと言ってレヴィが賛同していたときのことだ。

「えーっと……」

ティアラローズは顔に手を当てて、どうしてこうなった？　とため息をつきたくなる。

「どこかの温泉施設《しせつ》を探したっていうことかしら」

「いえ！　近場がよかったので、レヴィに掘《ほ》ってもらいました」

「…………」

この執事は温泉も掘れるのか。

突《つ》っ込《こ》んだ方が負けな気がして、ティアラローズは「そうなの」とただ微笑《ほほえ》んだ。

──ということがあったのだ。

案内された温泉宿は小さい造りだが趣《おもむき》があり、風情《ふぜい》が感じられる。

温泉を掘ったすぐ側《そば》にあった建物を改築して作られているのだが……それにしても、やることがすべて信じられないほど早い。


今は夕食を終えて、部屋に備え付けの露天風呂《ろてんぶろ》にのんびり入っているところだ。

「……っと、そろそろ上がりましょう」

部屋ではアクアスティードが子どもたちの面倒《めんどう》を見ているので、任せきりにしてしまうのも申し訳ない。

十分ゆっくりさせてもらったので、肩もだいぶ軽くなった。


ティアラローズが露天風呂から上がると、部屋にいるのはアクアスティードだけだった。

藺草《いぐさ》の香りがする真新しい畳《たたみ》に、ふかふかの布団《ふとん》。

ここはまさに温泉宿だ。

温泉宿ということもあり、浴衣《ゆかた》が用意されている。ティアラローズは水色の毬《まり》と花の模様が可愛《かわい》いもので、アクアスティードは藍色《あいいろ》の落ち着いた浴衣だ。

──なんだか日本にいるみたい。

アクアスティードは冷えた果実水を用意してくれていた。

「いいお湯だった？」

「はい、とっても」

ほかほかしているティアラローズは体調もよさそうで、お菓子《かし》の妖精《ようせい》関連で大変だった疲《つか》れもかなり癒《い》えていそうだ。

「ゆっくりできたならよかった。ルチアとルカとリオだけど、オリヴィア嬢《じょう》が面倒をみてくれているよ。私たちに気を使ってくれたみたいだ」

「あとでお礼を言わなければいけませんね」

「そうだね。特にレヴィは、だっことおんぶ紐《ひも》を使ってルカとリオをあやしてくれていたから……」

「まあ……」

想像してみたら思いのほかシュールな絵になってしまい、ティアラローズは声に出して笑ってしまう。

けれどオリヴィアとレヴィならやりそうだなとも思う。

ふと机の上を見ると、卓球《たっきゅう》のラケットが置かれていた。

――この世界に卓球は――。

いや、オリヴィアとあの執事のことだから、きっとこれ以上深く考えては駄目《だめ》なのだ。この世界にないのであれば作ればいいし、温泉だって掘ればいいのだ。

「ああ、あれか……」

ティアラローズの視線に気付いたアクアスティードが、卓球のラケットを手に取った。

「何に使うものかわからないんだけど、ティアラが知っているからって」

どうやら説明もなく渡《わた》されたようだ。

「えーっと……卓球というスポーツで使うラケットです。卓球台がないとできないんですが……どこかにあるのかもしれませんね」

温泉宿の娯楽室《ごらくしつ》や、大浴場近くにあることが多い。

「なら、探しながら散歩しようか」

アクアスティードが手を差《さ》し伸《の》べてくれたので、ティアラローズはすぐに頷《うなず》いた。


カラン、コロン。

下駄《げた》の鳴る音を聞きながら、石畳《いしだたみ》の庭園を歩いていく。灯籠《とうろう》の明かりが周囲を照らしていて、幻想的《げんそうてき》な雰囲気《ふんいき》だ。

アクアスティードは下駄を初めて履《は》いたため、どこか足取りがおぼつかない。

「不思議な履物《はきもの》だね」

「ちょっと指のあたりが締《し》め付《つ》けられたりして痛いですよね。慣れれば問題なく履けると思うんですが……」

ティアラローズはアクアスティードの足元を見て、「大丈夫《だいじょうぶ》ですか？」と問いかける。

「歩く分には問題なさそうだ」

走るのもいいけれど、山道は厳しそうだ……とアクアスティードが真剣《しんけん》な表情で言っている。

「さすがに走ったり山に行ったりはしませんよ」

ティアラローズは笑って、「庭園だけです」と告げる。

しばらく歩くと、娯楽室があった。

庭園から渡り廊下《ろうか》を入った先にあり、卓球台とタオルとお茶が用意されている。なんとも至《いた》れり尽《つ》くせりだ。

「あれが卓球台？」

「そうです」

箱に入った球《たま》を一つ取り出して、ティアラローズはラケットで打ってみせる。

「こうやって球を打って、相手が打ち返せなかったらこちらの勝ちです」

点数の付け方など厳密なルールまでは必要ないので、打ち方などの説明をした。

「……なるほどね。ルールはわかったから、大丈夫だと思う」

「じゃあ、実際にやってみましょう」

卓球台をはさんで対峙《たいじ》し、まずはティアラローズのサーブから。

──アクアに教えはしたものの……。

正直に言って、ティアラローズは別に卓球が上手《うま》いというわけではない。どちらかといえば、球技全般《ぜんぱん》が苦手だ。

「行きます！」

へろへろのサーブがアクアスティードの下へ飛んでいくと、すぐに返される。軽快な動作は、とてもではないが卓球を知ったばかりとは思えない。

──わあっ！　さすがハイスペック攻略《こうりゃく》対象キャラクターだわ！　卓球くらいわけないのね……！

というか、アクアスティードに苦手なものなんてあるのだろうかと思ってしまう。

「えい……っ！」

「はいっと」

なんとか返球したが、さらに返ってきた球のスピードが1・5倍ほどになっていてティアラローズは見事に空ぶってしまった。

「…………」

床《ゆか》に落ちた球がコンコンコンと音を立てて転がっていく。

——ルール説明をしたのに、わたくしの方が百倍下手《へた》とは……。

ちょっと穴があったら入りたいと思いつつ、球を拾う。

「ごめん、ちょっと速かったかな」

「いえ、大丈夫です。今度はアクアがサーブをしてみてください」

「わかった」

ティアラローズから球を受け取ったアクアスティードは、何度か素振《すぶ》りをして感覚を摑《つか》もうとしているらしい。

——卓球するアクアも格好良い……。

と、思わずそんなことを考えてしまった。

しかし次の瞬間《しゅんかん》、「いけそうだ」と——ビュンッと剛《ごう》速球のサーブが飛んできた。

「え……」

あまりの速さにティアラローズが言葉を失うと、またやってしまったとアクアスティードが慌《あわ》ててこちらに来た。

「ごめん、ティアラ」

「いえ……。わたくしが苦手なだけで、アクアは何も悪くないですから」

もっと真面目《まじめ》に体育の授業を受けておけばよかったと思うも、あとの祭りだ。

別にすごく上手くなくてもいいが、せめてアクアスティードともう少しラリーができる程度の腕前《うでまえ》はほしかった。

「私はもともと鍛《きた》えているからね……。こういったものは、動体視力も必要になる」

「確かに……気付いたときにはもう、球が横をすり抜《ぬ》けたあとでしたもの」

ティアラローズはくすりと笑い、ある意味貴重な体験だったと思うことにした。

「お茶があるから、少し休憩《きゅうけい》しようか」

「はい」

卓球は早々に切り上げて、ベンチで麦茶を飲むことにした。

二人で座ってのんびりするというのも、わるくはない。

「明日ルチアを連れて来てあげたら喜ぶかもしれませんね」

「確かに好きそうだ」

そうしようと二人で頷いて、明日は何をしたいとか、どこに行きたいとか、そんなたわいのない話をする。

「オリヴィア様に美味《おい》しいお饅頭《まんじゅう》のお店があると聞いたので、行ってみたいです」

「いいね、そうしよう。お土産《みやげ》も買って帰ろうか」

「はい！　フィリーネも喜びます」

やりたいことがどんどん増えて、二泊三日では足りなかったのでは⁉　なんて思い始めてしまう。

カランと、麦茶に入っていた氷が解けて音を立てる。

「……あ、蛍《ほたる》がいますよ」

「珍《めずら》しいね」

「綺麗《きれい》な川が近くにないといませんからね」

街中ではそうそう見る機会もない。

「風流ですね」

「そうだね」

ティアラローズはアクアスティードの肩に寄りかかって、その景色を堪能《たんのう》する。アクアスティードも、そんなティアラローズの手を取り甘やかしてくれた。

もう少しで夏がきて、そのときは風鈴《ふうりん》を作って飾《かざ》るのもいいかもしれない。

■ご意見、ご感想をお寄せください。
《ファンレターの宛先》
〒102-8177 東京都千代田区富士見 2-13-3
株式会社KADOKAWA ビーズログ文庫編集部
ぷにちゃん 先生・成瀬あけの 先生

ビーズログ文庫

●お問い合わせ
https://www.kadokawa.co.jp/（「お問い合わせ」へお進みください）
※内容によっては、お答えできない場合があります。
※サポートは日本国内のみとさせていただきます。
※Japanese text only

悪《あく》役《やく》令《れい》嬢《じょう》は隣《りん》国《ごく》の王《おう》太《たい》子《し》に溺《でき》愛《あい》される 13

ぷにちゃん

2022年 3 月15日 初版発行

発行者　青柳昌行
発行　株式会社 KADOKAWA
〒102-8177 東京都千代田区富士見 2-13-3
（ナビダイヤル） 0570-002-301
デザイン　島田絵里子
印刷所　凸版印刷株式会社
製本所　凸版印刷株式会社

ISBN978-4-04-736696-1 C0193

定価はカバーに表示してあります。

◇◇◇